KB026915

예순여섯 명의 한기씨

예순여섯 명의 한기씨
이만교 장편소설
문학동네

차례

일러두기

* 이 이야기는 용산 참사와 관련된 기사, 뉴스, 영상물, 인터뷰 등을 바탕으로 구성되었다. 하지만 구체적인 사실과 등장인물 등은 대부분 작가적 상상력에 의한 허구이다.
* 인터뷰이의 나이는 그들이 회고하는 사건을 겪던 당시를 기준으로 했다.

1. 십장 한동인씨(48세)

임한기?

아, 그래, 그 친구! 등록금 벌겠다고 왔어. 그래, 맞아.

그래서 신경 좀 쓰였지.

우리 아들 두 놈도 다 사년제 대학 나왔어. 큰놈은 장학금 받아 다니고, 작은놈은 지금 우리나라에서 제일 큰 정유공장 들어가 있고……

딴엔 식당 일 하고 옷 장사도 하고 볼트 공장도 다녀봤다는데, 노가다는 처음이라길래 스테바부터 시켰어. 덤프차 수신호하는 거. 아, 근디, 다루끼 치우라는 말도 못 알아먹드만.

무단 유턴하려고 들어온 승용차 길안내해주다 전선을 끊어먹지를 않나, 물 뿌리는 걸 까먹는 바람에 상가 주민들한테 먼지 난다는 항의 전화가 오게 해놓고 웃지를 않나.

아무것도 몰라서 목장갑 수거하는 일부터 하나하나 일러줘야 했어. 제일 굼떴지만, 그 바람에 시마이하면 그 친구가 제일 열심히 일한 것 같은 몰골이야. 그러니 미워할 수가 없지. 뭐 또, 배우려는 대학생 나무라며 가르치는 재미도 있고 말야. 사람이 너무 약빠르면 되레 밉보였을 게야.

아, 근데 글쎄, 그렇게 아홉 달인가 열 달인가 어렵게 일해서 번 돈을 하룻밤 만에 다 날려버리더라구. 도박에 빠진 거야. 처음엔 구경만 할 생각이었겠지.

하루는 한창 돈을 따던 종구가 급한 전화가 걸려와 일어나려 하자, 깔치 패거리들이 중간에 빠지는 게 어딨냐고 화를 냈어. 그러자 종구가 딴 돈 전부를 대신 치라며 그 친구에게 양보하고 갔지.

처음엔 제법 따더라구. 딴은 딴 돈 일부를 바짓단 속에 몰래 꼬불쳐 넣기까지 했어. 일부러 잃어주는 것도 모르고…… 결국 카드빚까지 졌지. 비가 와서 공치는 날이면 종구 그놈이 그 친구 잡고서 포커를 살살 쳤나보더라구. 함바집 아침상에 오르는 재래김이나 계란프라이를 걸고 재미삼아 치는 거지. 하지만 그때 벌써 종구 패거리가 짜놓은 와꾸에 걸려든 거야. 내 알았더라면 미리 귀띔이라도 해줬을 텐데 말야.

2. 송씨 아저씨(59세)

완전히 넋 나간 얼굴로 숙소를 나가더라고. 영락없이 저승사자한테 끌려가는 낯짝 같아 내 유심히 지켜봤제.

굴다리쯤에서 사라져 보이지 않더라고. 그때 어둑한 안개 너머로 열차 소리가 들려와 봉께, 그 친구가 아, 글씨, 철로 위에 서 있더란 말이시! 열차 역시 그 친구를 발견했는지 맹렬하게 울어대고.

그런데도 장승맹키로 꼼짝 않고 서 있는 거여! 아, 내가 어떻게든 막아보려고 허겁지겁 내려갔지만 이미 늦었구마. 열차가 회오리바람을 어찌나 사납게 일으키며 지나가던지.

열댓 량이나 될까. 아니면 스무 량쯤 될까. 화물칸이 줄줄이 소시지처럼 늘어져 일정한 박자까지 맹글며 차례차례 지나가더라고……

아, 그런데 멀쩡하게 살아 있는 거여. 분명히 철로 위에서 열차 맞는 걸 내 눈으로 똑똑히 봤는디 말이여. 내가 시방 혼령을 보고 있나 싶었제. 그 친구도 넋이 나간 표정이더만. 진짜 혼이 나간 사람 같더랑께.

그 친구 배낭이랑 그림자만 사방으로 흩어져 있더라고. 열차에 받힌 사람의 것처럼 발기발기 찢겨서 여기저기 흩어져 있었제.

한참을 그렇게 서 있더니 어안이 벙벙한 표정으로 기차 쪽을 멍

하니 쳐다보더라고. 기차는 이미 사라진 지 오래되었는디 말이시. 긍께 그기 아마도 반대편 철로에 서 있었던 것이제.

본인도 낄낄 웃더만.

섬뜩하더라고. 귀신맹키로 낄낄 웃는 바람에 나도 모르게 풀썩 주저앉았다니까.

그땐 꼭 실성한 거 같았어. 주저앉아 한참을 웃어대더니 너무 웃어댔는지 토악질까지 해쌓더라고.

그러고 나더니 이번엔 또 찔끔찔끔 울어싸.

조금만 울고 일어날 것처럼 찔끔찔끔 울었는디, 날이 완전히 밝아 사람들 지나다닐 때까지 계속 그대로 웅크리고 있더라고.

3. 동창 이동호씨(26세)

새 학기가 시작될 때였어요. 전화가 와서 받았는데 한숨만 내쉬는 거예요. 걸었으면 말을 해야지 왜 한숨만 쉬냐고 물어도 거푸 한숨만 내쉬더니, 기어드는 소리로 중얼거리는 거예요.

죽고 싶다……

걱정이 되어 바로 나갔죠. 일 년 꼬박 일해 모은 복학 자금이 할머니 무릎 수술비로 들어갔다더라구요.

할머니에겐 걱정 말라고, 대출금 받아 공부할 수 있다며 올라왔대요. 하나뿐인 손자가 대학에 다닌다는 사실이 유일한 자랑거리이자 희망인 할머니에게, 할머니 수술비 때문에 복학을 못하게 됐어요, 라고는 차마 말할 수 없더래요.

녀석답더군요.

저와는 다른 놈이었어요. 착하고 우직했어요. 고등학교 내내 저는 흉내낼 수 없는 기행이랄까, 선행이랄까, 그렇게 하면 괜한 수고만 들이는 것 같아 엄두가 나지 않는 행동을 아무렇지 않게 했어요.

선생님 문제지를 미리 본 걸 얘기해 학년 전체가 다시 시험을 치르게 한다거나, 여자친구가 자살을 하려고 하자 자신도 함께 죽겠다고 따라나선다거나, 그리고 또 빨리만 걸으면 누구나 물위를 걸을 수 있다고 우긴다거나……

술 사주고 제 자취방도 내줬습니다. 베개도 양보하고 추리닝도 빌려줬구요. 이삼 주는 시무룩한 표정으로 아무것도 하지 않더라구요. 저 같아도 아무 의욕도 나지 않았을 거 같아요.

아무튼 저는 강의 들으랴 리포트 쓰랴 영어학원 다니랴 정신이 없었는데, 한기는 늘어져 잠만 자거나 케이블 채널이나 이리저리 돌려 봤어요. 설거지도 안 하고 잘 씻지도 않고……

그런데도 제가 자꾸 눈치가 보이는 거예요. 밤새 리포트 쓰고 영어 단어 외우는 시간이, 저는 하기 싫지만 억지로 하는 건데, 녀석에게는 하고 싶어도 못하는 부러운 호사로 비칠 테니까요. 그 바람에 조금씩 불편해지더라구요.

그런 친구였어요.

너무 착한데 일이 잘 안 풀리는, 그래서 미안한 마음이 들게 하는 친구 있잖아요. 제게 주어진 평범한 일상조차 감사하게 만드는 친구요.

그랬던 녀석인데, 어쩌다 그렇게까지 변한 건지…… 아니, 그랬던 녀석이라 그렇게 변한 건가 싶기도 하고……

4. 할머니 방필녀씨(76세)

"엊그제 온다는 놈이 뭣한다고 인자사 온다냐이?"

나가 좀 나무라는 말투로 반겼지라. 말은 고로코롬 혀도 얼굴 봉께 보리밥에 방구맹키로 웃음이 새나왔어라. 암만, 하나밖에 없는 내 손주새낀디요.

갸가 다섯 살 적에 자동차 사고로 애비를 잃었지라이. 그려서 집에 올 띠가 되았는디도 집에 안 오믄 나가 밥 한술을 못 떠라. 잠도 한숨 못 자고 말이어라.

하필 나가 좋아하는 야식 사러 나갔다가 고라고 되아부렀응께로, 이 늙은이 가심이 우짜겄소. 모르긴 몰라도, 사리가 한 가마니는 나올 것이요.

나가 그날 순대 먹고 싶단 말만 안 혔어도……

그렇게 자식 앞세운 벌로다가, 나가 여직 죽지를 못헌단 말이요. 죽느니만 못한 삶을, 내 자식이 살어야 하는 만큼 더 살어야 하는 천벌을 받아 요로코롬 살고 있소이.

나 자신이 원망스럽기도 허고 손주헌티 미안키도 혀서 나가 입버릇처럼 말 안 허요.

"한기 니만 아니믄, 이 할미도 그때 죽어부렀을 것인디, 니 땀시 여태 죽도 못하고 요래 살고 있단 마다."

근디, 갸가 좋아라 하는 칼국수 해줄라고 준비해놓은 밀가루 반죽이 그새 다 말라비틀어졌어라. 그런디도 갸가 할미가 지켜보니까 그 불어터진 칼국수를 더없이 맛나게 먹는 척허더란 말이요.

"시상에서 할미가 해주는 칼국수가 제일 맛있당께."

요로코롬 말해주면서 말이지라.

먹는 모습이나 할미한테 마음 쓰는 거나 지 아비 젊었을 때랑 똑같으요. 주책맞게 눈물이 나서 한마디해줬지라.

"새벽에 니가 죽는 꿈 꿨다니께!"

꿈속에서 기차가 오는 줄도 모르고 철로 위를 터벅터벅 걷더란 마다. 이어폰인가 이어뽕인가 귀에 낑기고 음악을 듣능 것인지 먼 생각을 하능 것인지, 암만 이름을 불러싸도 돌아보도 않고 가더란 마다.

일어나 앉아갖고는 밤이 새라 카고 하느님헌티랑 부처님헌티랑 산신령헌티랑 빌고 빌고 또 빌었제이. 우리 한기 무사히 돌아오도록 혀달라구.

나가 꿈 이야그를 들려주니께 갸가 젓가락 사이로 국숫가락이 다 빠져나가뿐 것도 모르고 나를 멍하니 쳐다봅디다.

"어찌나 생생한지 아직도 심장이 쿵쾅댄다 마시."

말허다봉께 목구녕이 타갖고 벌컥벌컥 냉수를 들이켰지라이. 그랑께 갸는 절대 안 죽었소. 먼 문제가 생갰시믄 내 꿈속에 나왔을 것인디, 안 그런 거 보믄, 잘살고 있을 거구만이라!

5. 친구 창기씨(26세)

동호 눈치 보인다며 한 달 남짓 제 원룸에서 지냈어요. 제 점퍼는 물론이고 속옷까지 꺼내 입을 때도 있었지만 모른 척했죠. 나중엔 제 게임 아이디까지 말도 않고 사용했는데, 그러면서도 아무렇지 않은 일처럼 여겼어요. 한마디하려다 그래봐야 그러는 저만 쪼잔해 보일 것 같아 그만뒀죠.

하루는 게임 채팅방 '종이공주'한테 관심을 보이더라구요. 생글생글 잘 웃는 여자앤데, 술 마시면 정신을 놔서 문제지만, 아무려나 방에만 있지 말고 나가서 데이트라도 해보라고 연결해줬어요.

두세 번 만나더니 푹 빠진 눈치더군요.

"다음 학기에 복학할 거라고 했으니까, 종이공주한테 내 빚 얘기 절대 하지 마."

부탁하더니, 혼자 생각에 잠긴 표정으로 천장을 보며 물어요.

"여기 월세가 삼십이라구?"

제가 "삼십오" 하며 너무 비싸다고 투덜거리자 물어요.

"서울에 비하면 엄청 싼 거라던데?"

그래서 되물었죠.

"종이공주가 그래? 싼 거라고?"

웃으며 털어놓더군요.

"너랑 반씩 내고 있다니까 자기가 반을 내겠다고 너 내보내라던데?"

동거할 거라면서 일자리까지 부탁해놓았대요. 복학해봤자 알바 뛰며 리포트 쓰느라 연애는 꿈도 꾸지 못했을 거라며 중얼거렸어요.

"차라리 복학하지 않기를 잘한 것 같아."

"미친놈" 하고 제가 쏘아붙여주었죠.

"복학했으면 훨씬 더 예쁜 여자친구랑 같이 도서관 다니고 있을지 어떻게 알아?"

그런데도 행복한 표정이었어요.

"그랬을지도 모르지. 그렇지만 지금 이대로 좋아."

자신이 세상에서 제일 행복한 사람이라는 거예요. 자신보다 행복한 사람들이 얼마든지 있을 수 있지만, 정말로 행복한 사람은 다른 누구도 부러워하지 않고, 지금의 자기 모습 그대로 만족하는 사람일 텐데, 자신이 바로 그런 사람이라는 거예요.

슬쩍 따졌죠.

"니가 대학을 다니는 상태라면, 가출해서 주유소 알바나 하며 지내는 애한테 관심이나 가졌을 것 같아?"

그러자 주저 않고 대답하는 거예요.

"응!"

"이걸 인정하면 니 처지가 너무 답답하니까 그런 식으로 너 자신을 속이는 거 아냐?"

제가 놀렸지만 웃으며 반박하더군요.

"이게 바로 사랑인 거야!"

6. 종이공주 이미숙씨(22세)

일하는 속도에 맞춰 탑차가 들어오는 게 아니라, 탑차가 도착하는 속도에 맞춰 일을 해야 한대요. 숨이 턱턱 막히고 땀이 줄줄 흘러요. 연신 물 마시고 사탕이나 소금을 번갈아 삼키지만, 배차간격이 빨라지는 만큼 수당이 많아지기 때문에 아무도 불만을 갖지 않는대요.

새벽 네시 반에 나가 밤 열시나 돼서야 들어왔어요. 지쳐 넋이 나간 몰골로 들어와 자기 몸뚱이를 마지막 짐짝인 양 침대 위로 던져요.

고작 두세 시간밖에 못 잤는데, 그나마 저랑 사랑을 나누거나 같이 게임하느라 한숨도 자지 못하고 나갈 때도 많았어요.

"오빠 힘들어서 어떡해?"

제가 눈물 글썽이며 걱정하면 활짝 웃어 보여요.

"네가 있어서 하나도 안 힘들어."

버스에서 잔대요. 너무 피곤해서 자리에 앉기만 하면 잠이 든다는 거예요. 처음엔 자리에 앉아 잤지만, 나중엔 선 채로 잤대요. 손잡이만 있으면 쓰러지지 않고 잤는데, 종당엔 손잡이 없이도 잔대요. 손잡이를 잡고 있는 듯이 팔을 머리 위로 올리고 잔다는 거예요. 그래야 손잡이를 잡고 있는 것 같아 숙면을 취할 수 있대요.

다들 그렇게 출근한대요. 어쩌다 버스 타는 학생들이 그런 모습을 가리키며 자기들끼리 웃는대요. 그러나 또다른 사내들도 한기씨처럼 손잡이를 잡은 자세로 선 채 잠을 자는 모습에 입을 다물지 못한다더군요. 자신들도 손잡이가 있는 것처럼 팔을 뻗어보기도 한대요.

"그러다 급회전이라도 하면 그대로 나가떨어지잖아?"

제가 묻자 대개는 버스 기사가 외쳐준대요. "우회전이요!" 그러면 다들 왼쪽으로 미리 몸을 기울여 균형을 잡는대요. 게다가 옆 사람이 잡아준대요. 옆 사람 역시 자는 중이지만, 자기도 모르게 잡아주는 습관이 밴대요.

"만약 안 잡아주면 어떡해?"

제가 걱정하자 걱정도 팔자라는 듯 말하더군요.

"그럼, 그냥 넘어지는 거지! 넘어져야 그만큼 빨리 넘어지지 않고 자는 법을 배운다니까?"

그러다 다치면 어떡하냐니까, 괜찮다는 거예요. 현장에서 일하다보면 그보다 더 심하게 다치기 일쑤지만, 그래도 일자리를 달라고 애걸하는 사람들이 많기 때문에 웬만큼 다쳐선 아무렇지 않은 듯이 일을 해야 하고, 아무렇지 않은 듯이 일을 하다보면, 정말 아무렇지 않대요.

참 좋은 오빠였어요. 아무리 힘들어도 웃고, 같이 놀아주고. 너무 좋은 오빠였어요. 남자친구가 아니라 친오빠였으면 하고 바랄 만큼요. 이 오빠랑은 아무리 힘들어도 웃으며 살 수 있겠다 싶었어요.

하지만 오빠도 어쩔 수 없더군요. 오륙 개월쯤 지나자 말수가 줄어요. 아무리 피곤해도 밤새 얘기 들어주고 하더니 점점 꼭 필요한 말만 하고, 나중엔 길어야 한두 단어예요.

들어와서는 "너 먼저 씻어라" "라면 끓여 먹자" "충전기 좀 빌려줘"라고 용건만 말하더니, 그나마 "씻어라" "라면은?" "충전기!" 하는 식으로 어투가 곤두서요.

매사 지치고 귀찮다는 투로 피자 배달원에게까지 신경질을 부리는 거예요. 배달이 조금 늦긴 했지만 "좀 늦었네요?"라고 웃으며 말해도 좋을 만큼 늦었을 뿐인데, "왜 이렇게 늦냐?" 하고 대뜸 퉁부터 먹이길래 왜 그렇게 함부로 대하냐고 제가 투덜거렸어요.

"내가 뭘?" 하고 따져요.

"배달원은 아무 불만 없던데, 너야말로 왜 그걸 문제삼는 건데?"

저만 입다물면 아무 문제도 아니라는 거예요. 아닌 게 아니라 배달원은 웃는 얼굴로 씩씩하게 돌아갔지요.

"그렇더라도 그렇게까지 말할 필요는 없잖아?"

했더니,

"너 저 자식, 아는 자식이야?"

말도 안 되는 의심을 하는 거예요. 한숨이 절로 나오더군요.

"아는 놈도 아니면서 왜 저놈 편을 드는데?"

엄마 아빠가 매일 싸우는 거 지긋지긋해서 도망 나왔는데 말이에요.

7. 일용직 김형(37세)

뭐, 착하긴 했지. 불평 한마디 없이 무슨 일이든 시키면 다 했으니까.

자기는 기찻길에서 이미 죽었는데, 하느님이 한번 더 살아보라고 기회를 주신 거라나. 아무튼 한번 더 사는 기분이어서 늘 감사한 마음이라더군.

그래서 다들 싫어했어. 열심히 할수록 더 시키는 게 이 바닥이잖아. 저 친구는 저렇게 하는데 너희들은 뭐하는 거냐. 비교당하니까 다들 눈엣가시처럼 여겼지.

그렇게 하다가는 오래 못 버틴다고, 꾀를 부리라는 게 아니라 적당히 속도를 조절해야 한다고 하자, 자기는 할머니 기도발 때문에 괜찮대.

노가다 뛸 때 오 미터 깊이나 되는 현장 맨홀에 빠졌었는데 발목만 삐끗하고 말았다나. 중학생 땐 일 톤 트럭에 부딪혀 자전거가 박살났지만 자긴 멀쩡했대. 친구들과 동반자살하려고 탄불 지피고 수면제까지 먹었는데, 토악질이 그치지 않자 다른 친구들이 자신을 응급실로 데려가느라 모두 살아난 적도 있다더라구.

그냥 우스갯소리로 하는 소린 줄 알았어. 왜 그런 기질 있잖아. 일이 고되니까 되지도 않는 농담 하고 허세도 부리고 그러는 친구 말야. 내가 볼 때 술로 푸는 사람도 있고 담배로 푸는 사람도 있는 것처럼 그렇게 타고난 사람들이 있는 것 같아.

그날은 같이 사는 여자가 전화를 안 받자 싸우더라구. 평소에도 잘 안 받는 눈치였어. 어쩌다 받아도 게임중이라며 짧게 통화하고. 또 남자 목소리가 들릴 때도 있고……

그래선지 그날은 화난 표정으로 다시 전화를 걸어 화를 내더라구. "누구랑 같이 있는 거냐구!" 하면서…… 상대도 언성을 높이는지 수화기 너머로까지 여자 목소리가 넘어오더라구.

"내가 이런 구질구질한 질문에까지 왜 대답을 해야 하는데?"

그 친구도 언성을 높이고.

"지금 뭐가 구질구질하다는 거야?"

그러다 그만 유압 리프트에 오른손을 짓뭉개고 말았어. 내가 옆에서 보고 있었기 때문에 그 친구보다 내 입에서 먼저 비명이 터져나왔지. 오른팔 전체가 말려들어갔으니까!

근데 응급조치하고 보니까 신기하게시리 검지 하나만 일그러졌더라구.

"미친놈, 이런 식으로 할 거면 당장 그만둬! 너 아니어도 하고 싶은 사람들 쌔고 쌨으니까!"

놀란 반장이 달려와 눈을 부라렸지.

암튼 깁스붕대를 풀고 나서도 검지가 굽혀지지 않았지만, 그만하길 천만다행이지.

"입대 전에 다쳤으면 군대도 안 가고 좋았을 텐데……"

내가 위로 삼아 말했어.

"어쨌든 예비군훈련은 안 나가도 되겠네."

그러자 말도 안 되는 소리 말라는 투로,

"이제 와서 예비군훈련을 그만두다니, 미쳤어요?"

쏘아붙이길래 나도 웃으며 쏘아붙였어.

"미친놈, 다들 하기 싫어하는 걸 넌 뭐하러 하려고?"

몰라 묻냐는 투로 다시 쏘아붙이더라구.

"그랬다가 취직 안 되면요?"

8. 작업반장 김씨(40세)

성실한 친구였어요.

그래서 제가 직접 위로금까지 챙겨줬어요.

다른 사람 같으면 어림 반푼도 없는 일이죠. 얼마 되지 않는 액수지만, 사람이 너무 착해서 저 아니면 그나마도 못 받았을 거예요.

개인 부주의로 일어난 사고여서 원래는 보상이 안 되는 건데, 사정이 하도 딱해 내 특별히 부탁해 받아준 거니까요. 물론 노동부에 산재 처리하면 보상을 좀더 받을지 모르죠. 아마 받을 수 있을 테죠. 모르긴 몰라도 받긴 받겠죠.

하지만 그게 절차가 여간 복잡한 게 아니거든요. 게다가 한기 그 친구 스스로 자기 부주의 탓에 벌어진 일이라고 위로금 따위 바라지도 않았어요.

"고맙습니다."

위로금을 건네자 연신 고개를 꾸벅이더군요.

"그나마 손가락이 붙어 있으니 불행 중 다행이야."

충고해주었죠.

"이런 데 있지 말고, 얼른 복학해."

어찌나 측은한지 저도 모르게 혼잣말로 투덜거렸죠.

"아무튼 종구 그 새끼한테 당한 애들이 한둘이 아냐."

그랬더니 이 순진한 친구가 고쳐 말합디다.

"종구 형이 아니라 깔치 형한테 잃었어요."

그때까지도 종구와 깔치가 한패인 걸 전혀 모르고 있더라구요.

"너 진짜 착하구나?"

저도 모르게 혀를 찼지요.

"요즘 학교에서는 대체 뭘 가르치는 건지, 대학까지 다닌다는 놈이 어째 이리 맹하기만 하다냐."

하도 답답해서 가래 뱉듯 일러주었습니다.

"걔들 다 한패야. 공치는 날이면 함바집 반찬 놓고 포커 친 것부터 너 잡으려는 미끼였다구!"

설명해주어도 믿지 못해요. 종구는 자신이 숙소에서 믿고 따른 유일한 형이자 아직도 고마워 연락하며 지내는 유일한 현장 사람이라는 거예요. 불과 이틀 전에도 안부 전화를 주고받았다니 말 다 했죠. 종구 그 새끼가 무조건 산재 처리하라며 훈수까지 해줬대요. "야, 이 등신아. 니가 그렇게 사니까 자꾸 당하는 거야!"라고.

그러니까 겁이 나더라구요. 내가 이런 말 했다고 하면 종구 그 새끼가 나한테 지랄할 거 아닙니까.

"뭐 내가 보니까 그랬을 거 같다, 이 말이지 뭐. 정말 그런지 아닌지는 나도 몰라. 동규나 한범이가 그런 말 하고 다니는 건 들었어."

그런데 동규한테도 전화 걸고 한범이한테도 걸어보더니 사색이 되어 묻더군요.

"어떻게 사람이 그럴 수 있죠?"

딱해서 위로해주었죠.

"니가 제일 착하고 순해 보이니까 걔들이 노린 거야."

그러곤 다 말해줬죠.

"엊그제 안산 공사판에서 또하나 울렸다더라. 와이프 수술비 마련한 거라던데, 거기에 비하면 너한테 한 잘못은 잘못이라고 생각도 안 할 거야."

9. 친구 이재봉씨(26세)

착했지만 고집이 셌어요. 자존심이 강하다 할까.

너는 돈 안 내도 돼, 하고 우리가 봐줄 때도 괜찮아, 하고 자기 몫을 꼭 내던 그런 놈이에요.

그런데 죽여버리겠다고 이를 갈더라구요. 정구인가 당구인가, 자기 돈을 사기친 놈이라는데, 가만두면 자신 같은 피해자만 더 늘어날 테니, 차라리 죽여버리는 게 선행이라는 거예요.

한기가 그렇게까지 화를 내는 건 처음 봤어요. 늘 웃는 친구거든요.

다들 고개를 주억거렸죠. 거의 화를 내지 않는 한기가 그렇게 화를 내는 걸 보면, 그렇게 화를 낼 만한 일이겠다 싶었죠.

하지만 술이 잔뜩 취해서는 전화를 걸길래 저희가 말렸죠. 만나더라도 맨정신으로 만나라구요. 그러자 저희한테 짜증을 내더라구요.

"그럼 이 새끼를 이대로 놔둬?"

이미 취했더라구요.

그런 친구예요. 속상한 일이 있어도 제대로 따지지도 못하고, 친구들이 말려줄 걸 알고, 술기운 빌려 허세 찐 목소리로 속이나 풀어보는. 선량하달까 허술하달까.

제가 웃으며 대꾸해주었죠.

"그냥 그러고 살라고 해. 그런 놈은 그렇게 계속 살게 두는 게 벌이야."

그런데 창기가 반박했어요. 이 녀석도 주량 이상을 마신 상태였거든요.

"그 사람 잘못만은 아니야. 너도 잘못한 거지."

자기라면 결코 포커를 치지 않았을 거라며 한기를 나무랐어요.

"니가 괜한 욕심을 부린 거니까 니가 잘못한 거야, 인마!"

사기꾼에게 당할 욕심을 부리지 않으면 사기꾼에게 당할 일이 없다면서 한기를 야단치듯 노려보았죠.

"니가 그 새끼를 몰라서 그래. 얼마나 살갑게 대하는지, 너도 별수없이 당했을 거야."

한기가 변명했지만, 창기가 비웃었어요.

"아무리 그래도 복학 자금까지 걸고 포커 치진 않았을 거야."

한기가 노려보더군요.

"니가 뭘 알아?"

창기도 지지 않고 따졌고요.

"난, 씨발, 자기 자신이 저질러놓고 남 탓하는 인간들이 제일 싫어."

그러자 한기가 어처구니없다는 표정으로 노려보았어요. "그래?" 싸울 기세로 따졌어요. "그래서 어쩔 건데?"

창기도 맞받더군요.

"뭘? 뭘 어째?"
어떡하겠어요. 하는 수 없이 제가 뒤통수 한 대씩 때려줬죠.
"야, 그만들 해!"

10. 공시생 조형(33세)

저는 아무하고도 말 안 합니다. 말하면 지는 거니까요. 하지만 다용도실 식탁에 마주앉아 밥을 먹다보면 말을 하게 돼요. 반찬도 나눠 먹게 되고. 그러다보면 담배도 같이 나가 피우고, 술도 마시게 되고, 그러면 그걸로 공부는 쫑나는 거죠. 들어와서 제일 친해진 사람을, 나갈 때는 제일 원망하는 게 공시생의 고시원 생활이니까요.

그래서 절대 말을 안 섞으려 합니다. 근데 이 친구가 코를 너무 골아대는 거예요. 처음 며칠은 그렇게까지 골지 않았는데, 점점 더 심하게 골기 시작하더니 나중엔 고시원 끝 방 사람들까지, 거긴 좁고 구석져서 싸니까 제일 깊이 곯아떨어지는 진짜 시끄럽고 가난한 사람들이 들어와 살거든요. 그 사람들까지 투덜거릴 정도로 요란스레 골았어요.

정말이지 그렇게 심하게 코를 고는 사람은 처음이에요. 사람이 코를 고는 게 아니라 짐승이 화가 나서 으르렁거리는 포효 소리 같아요. 그러다 돌연 뚝, 멈춘 채 일 분 이 분 아무 소리를 내지 않는 무호흡증 코골이였어요.

걱정이 되어 가봤습니다. 그렇게 말을 섞고 말았어요. 아시바 까는 일 하다가 빌딩 케이블 연결하는 일을 한다는데, 그게 무슨 일인지 정확히는 저도 모르겠고, 아무튼 힘들다며 씻지도 못하고 곯아떨어져요.

하루 서너 시간만 자고 나간다길래 돈도 아낄 겸 한방을 썼습니다. 공부하다가 그 친구가 코를 골면 발로 차주었죠.

짐이라곤 운동 가방 하나가 전부였어요. 면티와 바지, 속옷과 양말 같은 기본적인 옷가지 두서넛밖에 없었어요. 다른 것들은 어딨냐고 물으니까 현장 캐비닛에 두고 다닌다더군요. 하다못해 친구들 연락처나 활짝 웃는 얼굴, 그리고 자기 그림자까지도요. 그림자라봐야 다 찢어져서 못 쓴다며 전부 다 두고 다닌다는 거예요.

"다른 사람이 가져가기라도 하면 어쩌려구?"

제가 놀라 묻자, 별걱정을 다 한다는 투로 쳐다보았습니다.

"가져가라 그러죠 뭐. 거기 가면 그런 거 떼놓고 다니는 사람들 많아요."

비가 와서 일을 쉬는 날은 알루미늄 공주인지 종이 공주인지, 아무튼 같이 살던 여자를 찾으러 다녔어요. 자기 심장을 가져갔다더군요. 그 여자가요.

자기 가슴에 제 손을 가져가 댔는데, 정말로 심장박동 소리가 들리지 않았어요. 심장이 반대편에 있나 하고 반대쪽 가슴도 더듬어봤지만 뛰지 않았습니다. 그 때문에 무호흡증 코골이를 앓는다더군요.

놀라 심장도 없이 어떻게 살아갈 수 있냐고 묻자, 자신은 죽지 않는다는 거예요. 자기 할머니 때문에 죽을 수가 없대요. 세상엔 살고 싶어 사는 게 아니라 죽지 못해 사는 사람들이 있는데, 자신도 그중 하나라는 거예요.

11. 양아치 준(25세)

알바 갔다 알게 됐어요. 시급이 세길래 새벽 여섯시까지 상암경기장으로 갔어요. 처음엔 꽤 쫄았죠. 허벌나게 덩치발 좋은 수컷들 이삼백여 명이 희뿌연 어스름 속에 마치 모아이 석상같이 서 있더라구요.

공장 경비 구한다고 해서 갔는데, 피둥피둥한 팔뚝과 어깨에 돼지가죽의 등급판정 도장 같은 문신 박은 애들이 태반인 거예요. 딱 봐도 싸가지 없는 건달이나 양아치들만 모아놓은 꼬라진데, 그래도 돈 많이 준다는 알짜 알바여서 버스에 올랐어요.

한기 그 친구가 그때 내 옆자리에 앉았죠. 녀석이야말로 바짝 쫄아가지구, 손톱을 생밤처럼 이빨로 까대더라구요. 딱 봐도 아무것도 모르는 순진한 친구다 싶었죠.

"초짜슈?" 하고 말을 거니까 "네" 하고 존댓말하더군요. 하는 수 없이 나이 좀 올렸죠. 내가 지보다 어린 거 알면 쪽팔릴 테니까요.

부평 어디 공장에 간다던 버스는 장소가 변경됐으니 지금이라도 돌아갈 새낀 가라는데, 진짜 돌아버리겠더라구요. 아침 댓바람부터 사람 모아놓고 돌아가려면 가라니 누가 가겠어요. 어쨌거나 왔으면 갈 데까지 가보자 하고 가는 수밖에요.

가보니까 노조가 공장을 점거하니 마니 하는 중이었어요. 씨발, 텔레비전에서 보던 용역 깡패 짓이구나, 좆됐다 싶었죠. 화염병과 쇠파이프가 오가고 화염방사기까지 사용한다는 거예요.

그런데도 다들 실실 쪼개며 경쟁하듯 자기 경험담을 늘어놓더라구요. 지금까지 열일곱 놈을 병신 만들어 병원 보냈다느니, 병원 보내면 노조도 쉴 수 있고 치료비도 받을 수 있고 사측이랑 법적 싸움도 할 수 있어서 노조원들도 좋아한다면서, 노조가 잘 버텨줘야 자신들 근무 수당도 오르고 몸값도 뛴다며 자랑들 했어요.

"쫄 거 없어."

저 자신도 안심시킬 겸 한기에게 말해주었죠.

"저 우량 돼지 판정받은 새끼들이 앞에서 설치면 우린 그냥 뒤에서 쪽수만 채워주면 되는 거니까."

강당에서 다 같이 잤는데 에어컨 빵빵했고 밥은 직원 식당에서 먹었어요. 세 시간씩 돌아가며 보초를 섰기 때문에 근무시간도 많지 않았는데, 그나마 그때까지는 노조 쪽에서도 안 움직여 서서 졸거나 핸드폰을 들여다봐도 되는 꿀알바였죠. 그런데도 일주일이 지나자 일당 십이만원씩 따박따박 들어와 있는 거예요.

노가다 시다바리로 조뺑이 쳐도 일당 오만원 받고 그중 만원은 소개소에 뜯길 때였거든요. 제 친구 윤식이도 부르고 조뺑도 불렀죠. 한기도 전화하는 거 같았어요. 아니, 내가 한기한테 전화하라고 그랬죠. 하, 그러고 보니 다 내 덕분이네! 아니, 내 잘못인가?

친구가 하나 왔는데, 글쎄, 둘이 싸우더군요. 알고 보니 같이 일하러 온 게 아니라 한기를 데리고 나가려고 왔나봐요. 용역 깡패 짓 하는 거 못 봐주겠다 이거죠. 각자 위치에서 대열을 유지하고, 경찰들까지 멀뚱히 지켜만 보는 가운데, 공장 정문 근처 너른 주차장에서 둘이 싸우는 거예요.

씨발, 제가 말리러 갔어요. 저밖에 말 섞는 친구가 없었으니까요. 제가 참 잘해줬거든요.

"우린 그냥 가만히 서 있기만 하면 돼."

한기 설명에도,

"이런 거 할 거면 다시는 내 얼굴 볼 생각 하지 마!"

친구가 노려봤어요.

"그깟 편의점 알바 하느니 이게 백배 낫잖아?"

한기가 윽박지르자 친구가 밀치더군요.

"꼭 이런 식으로 돈을 벌어야겠냐?"

"미친놈!" 하고 한기도 밀쳤죠. "안 할 거면 그만둬. 너 아니어도 하고 싶은 사람들 쌔고 쌨어!"

그 친구도 한기 팔을 내치더군요.

"미친 새끼, 너야말로 너 아니어도 하고 싶은 사람들 쌔고 쌨는데 왜 너까지 이걸 하려고 하는데?"

12. 인력개발 컨설팅 업체 이○○ 부장(41세)

제발 싸우지 좀 말라고 제 입이 닳도록 말했죠.

"절대 싸우지 마십시오. 노조 쪽에서 시비를 걸어와도 절대 흥분해 폭력을 쓰면 안 됩니다. 저쪽에서 행여 때리면 그냥 맞으세요. 오른뺨을 때리면 왼뺨을 내미십시오. CCTV로 다 찍고 있으니 걱정 말고 맞으세요."

하지만 아무리 말해도 돌대가리들이라 소용없어요.

처음엔 장난삼아 약만 올려요. 개새끼, 씹새끼 하면서 초딩 같은 간단한 욕을 주고받죠.

저쪽에서 "집에 가면 너만한 자식이 있다, 어디다 대고 욕이냐?" 하면, "나도 집에 가면 너만한 애비가 있다, 어디다 대고 욕이냐?" 하고.

"어린놈들이 대체 얼마나 받아 처먹겠다고 이런 깡패 짓을 하냐?" 따지면 받아쳐요. "너희는 노조 만들어 조합 회비로 맨날 먹고 놀지만, 우리는 이렇게 조빵이 치면서 정직하게 일당 받아 먹고산다, 새끼들아!"

그러다보면 "쌍판때기를 스텐 강판에 갈아 먹어도 시원찮을 무같이 생긴 새끼야!"라거나, "코만 잘라버리면 돼지 새끼랑 구분이 안 갈 놈들!"이라면서 욕을 주고받는 재미에 빠져 더 하고, 더 하다보면 화나고, 화나면 멱살잡이하고, 멱살잡이하다보면 정말로 욱해서 들이받는 거죠.

아, 애들처럼 장난으로 시작했다가 결국 진짜로 싸운다니까요. 그때마다 제가 집합시켜 나무랐죠. 제가 나무라는 모습도 CCTV에 다 나옵니다. 보여드릴게요. 제가 증거 삼아 핸드폰에 이렇게 저장해 갖고 다닙니다.

기자 양반이 뭐 때문에 임한기 그 친구 얘기를 듣고 싶어하는 건지 모르겠지만, 이런 것도 기사화해야 우리도 좀 덜 억울하지 않겠습니까?

"야, 이 또라이 새끼들아. 내가 싸우는 척은 하되 정말로 싸우지는 말라 그랬지, 정말로 싸우랬냐? 절대 폭력 쓰지 말라고 이 새끼들아. 폭력을 사용하면 지는 거야. 자기 자신한테 지는 거라구. 흥분하지 말란 말야. 흥분하면 판단력이 흐려지기 때문에 화는 머리 존나 나쁜 새끼들이나 내는 거야. 그냥 맞고 있으라구. 지는 게 이기는 거야! 예수님도 말했잖아. 오른뺨을 때리면 왼뺨을 내밀어라! 지금이 바로 이런 지혜가 필요한 시국이다 이 말이야!"

제가 이렇게 예수님 말씀까지 빌려 말했는데도 또 싸우고 지랄들 해서, 종당엔 양아치 새끼들은 모두 뒤로 빼고 알바 초짜들 불러다 세웠죠.

절대 흥분하지 말고 싸우지 마라. 때리면 맞아라. 지는 게 이기는 거다. 가르쳐줬더니, 애들은 그래도 배운 게 있어서 가르친 대로 하더군요. 그러니 그런 일이 벌어질 줄은 생각도 못했죠.

아, 그런 일이 벌어질 줄 알았으면 제가 알바 초짜들을 앞에다 세웠겠어요?

13. 형사과장 최○○씨(44세)

나 아니면 감옥 갔을 거야.

어쩌면 그때 감옥 간 게 더 나았으려나 싶기도 하지만……

우리야 언제나 공정한 중립적 수사가 원칙이니까.

요즘 시대는 노조는 노조대로, 경비업체는 경비업체대로, 우리 경찰은 경찰대로 채증 카메라를 돌리기 때문에 공정하게 처리하지 않으려야 않을 수 없어.

하지만 천막이 무너지며 벌어진 일이라 수사에 난항을 겪었지. 제 친구가 다치자 노조 천막까지 쳐들어갔고, 천막이 내려앉은 상태로 엉겨붙었으니, 서로에게 위해를 가하려 했다기보다 겁이 나서 휘둘러댔다고 봐야지.

십 분 정도 지나 그 친구가 밖으로 나왔는데, 이마가 깨져 피칠갑이야. 노조 쪽에서도 위원장을 비롯해 팔 부러지고 머리 깨지고 해서 여럿 입원했고.

아, 앰뷸런스가 오고, 기자들 몰려오고, 난리도 아니었지.

하지만 한기 이 친구가 머리를 다쳐 링거 꽂고 중환자실에 누워 호흡기로 연명했으니 게임 끝난 거지 뭐. 서른 바늘이나 꿰맸으니까.

노조 쪽에서는 경비업체 직원들을 기물 파손과 폭행죄로 걸었지만, 경비업체에서는 노조 쪽을 살인미수로 걸었거든.

그런데 병원에서 전화가 왔어. 한기 그 친구가 깨어났는데, 퇴원을 원한다고. 의사가 말리고 이부장도 나서고 병원장까지 방문해서 이대로 퇴원하면 평생 불구로 살 수도 있다고 경고했지만 퇴원을 고집하더라구.

이상해서 물어봤지.

"아니, 저 친구 정말 위독한 거 맞아요?"

의사 말로는 위독한 중환자가 틀림없다고, 뇌진탕 2차 징후까지 있어 안정을 취해야 한다는 거야.

"그런데 어떻게 저렇게 멀쩡합니까?"

내가 따지자 이부장이 거푸 한숨을 쉬어.

“환자 할머니가 너무 걱정을 하길래 저희가 안심을 시켜드리는 차원에서, 예닐곱 바늘 꿰매면 그만인 상처인데 진단서 잘 떼려고 일부러 서른 바늘 꿰맨 거라고, 걱정하지 말라고 안심을 시켰더니 정말 괜찮은 줄 알고 저러네요.”

“정말 예닐곱 바늘만 꿰매도 되는 상첩니까?”

내가 묻자 절대로 그렇지 않다며, 의사가 당황한 얼굴로 난색을 표해. 서른 바늘 꿰매야 하는 상처여서 서른 바늘 꿰맨 거라고.

“근데 예닐곱 바늘만 꿰매도 되는 상처라고 하니까 정말 그런 줄 알고, 예닐곱 바늘만 꿰매도 되는 상처만 입은 사람처럼 멀쩡하게 행동하는 거죠.”

의사가 난처한 표정이더라구. 하는 수 없이 내가 계단참으로 불렀어.

“임한기씨, 감옥 가고 싶어요?”

조언해주었지.

“그냥 누워 계세요. 지금 퇴원하시면 노조 폭행죄로 체포당해요.”

그러고 나서 언제 퇴원했는지는 가물가물하네.

하도 오래전 일이라.

14. 경비업체 용역 방○○씨(29세)

알바들은 다 얼굴마담 아입니까. 인상 쓰고 쌈박질하는 건달들 모습이 테레비에 고대로 나가믄 좋을 게 하나도 없지예.

우리나라 사람들은 외모지상주의 아입니까. 마 껍데기만 빤지르르하면 장땡이라예. 쌍판때기만 보고 판단해뿐다 아입니까.

얌생이 같은 알바들이 겁먹은 쌍판으로 있으믄 동정표 얻고 좋지예. 그라지만 진짜 힘들고 궂은 일은 우리가 다 한다 아입니까. 우리 없으믄 대한민국 공장 다 절단난다 아입니까. 마카 멈출 깁니대.

이런 사정 다 잘 모르니까 아무도 이런 걱정 하지 않는 거지예. 그래서 마 모르는 게 약이라는 말도 있잖습니까.

마 빨갱이 강성 노조 새끼들캉 싸우다 다치는 일은 다 우리 몫입니대. 가들은 파업으로 먹고사는 아들이니까 목숨줄 걸고 싸운다 아입니까. 파업을 해서 이겨야 차기 노조 간부로 또 뽑히니까예. 법 자체가 뿌리부터 잘못됐뿌다 아입니까.

그라지만 우리는 경비업체니까 질서를 지킵니대. 우리가 뭡니까. 대한민국 합법적인 준법 업체 아입니까. 그라니 법대로만 할라고 안 캅니까. 법이니 시행령이니 규칙이니 이런 어려운 거 다 지킨다 아입니까.

우리는 마 합법적으로 세금 떼고 은행 통장으로 딱딱 월급 넣어

줍니대. 세금 떼이는 거 아깝다고 절대 생각 안 합니대. 법이니까 그캐야 한다고 생각합니대.

우리 큰형님, 아니 박팀장님이 관리하시던 나이트 다 넘기고, 주변 형님들한테 욕먹어가면서 이리 험한 길로 들어섰다 아입니까. 한데도 그카고 세금 내니 자랑스럽습니대. 이제 우리도 진정으로 대한민국 국민 아입니까. 한 가정의 가장이다 이 말입니대. 자식들 앞에서 쪽팔리게 조폭이니 양아치니 그딴 말 듣고 싶지 않습니대. 우리가 와 그런 말 들어야 하는데예? 세금 당당히 낸 국민 아입니까, 맞지예?

그라이까네, 사업체 등록해 시작한 합법 업체는 우리가 처음입니대. 우리 큰형님이 지근거리에서 모시는 형님들 중에는예, 구의원도 계시고 향우회 회장님도 계신데, 이분들이 이부장 도우라 해서 도우러 갔다 아입니까.

시나리오는 마카 이부장 인마가 짜논 긴데 이쪽으로 빠삭하데예. 부잣집 도련님맹키로 약아빠져 재수없지맨서도, ROTC 출신이라 맺힌 것도 좀 있는 거 같고, 아무튼 이 바닥에선 공장 들어가는 게 로또지예. 한 번에 일이백억씩 떨어지니까예.

우리가 노조캉 실랑이하는 바람에 이부장이 성이 난 게 아입니대. 우리를 뒤세우려고 이부장이 일부러 화를 낸 겁니대. 우리도 그 정도 눈치는 있다 아입니까. 정말로 성이 나서 그런 게 아니라, 우리가 알바들 뒤로 빠지는 게 이부장 인마가 원하는 시나리오니까, 우리가 그란 거지예. 마 정말로 불만인 아들도 있었겠지만예.

한기 가도 이부장 하라는 대로 한 거지예. 이부장이 천막 안으로 들어가 얻어맞고 나오라고 말은 안 했어도, 그쯤 되면 밀려 다치게 돼뿐다 아입니까. 아, 친구가 다쳤는데, 지 승질 못 이겨 천막 안으로 들어갈 게 빤히 뵈지예. 그전 공장서도 그라고 철거 싸움 때도 그랬지예. 암것도 안 하고 보초만 서도 알바비 딱딱 나오지예. 그라믄 지 친구들 싹 다 마 부르고, 그러다 지 친구 다치믄 눈깔 디배지고.

그캐도 그란 건 아무것도 아입니대. 진짜는 그때부터 아입니까. 노조 상대로 가압류 몇십억 들어가모, 노조도 죽기 살기로 나옵니대. 그라믄 우리 아들이 나설 수밖에 없지예. 그라니까 진짜 일은 우리가 다 한다 아입니까.

마 한기 가가 중환자실에 누워 있는 덕에 공장에서도 수월하게 일이 끝날 판이었지예. 일이 길어지믄야 수입이 늘지만, 잘된 일이라고 생각했습니대. 다 먹고살자고 하는 긴데, 우리 수당 채울라고 잘못되기를 바라는 거, 그거 마 인간으로서 도리가 아니지예. 내사 그런 욕심 꼴뛰기 콧구멍만큼도 없습니대.

그란데, 한기 가가 퇴원을 해뿠다 아입니까?

그캐사 팀장님이 희한한 놈이다 생각해 가를 보자고 불렀지예. 퇴원하는 이유를 물으니까 금마가 뭐라고 말했는지 알아예?

"보상받으려고 다친 거 아니에요."

이캅디다.

팀장님이 다시 물었지예. 자네가 위독한데 안 누워 있고 퇴원하는 바람에 더 큰 싸움 나믄 우얄 끼냐고.

마 그캐도 소용없었지예. 지 발로 나가겠다는데야.

그라 마 우리가 그때부터 가를 의리 있는 놈이다 하고 쭉 지켜봤다 아입니까.

우리 큰, 아니 팀장님은 그런 사람입니대. 의리 좋은 아 있으믄 반드시 아꼈다가 쓸 만한 자리에 잊지 않고 꽂아준다 아입니까. 요즘 이 바닥에서 우리 팀장님맹키로 의리 챙기는 사람 눈 씻고 봐도 없습니대.

15. 부동산 컨설팅 업체 대표 심○○씨(49세)

박팀장이 전화해 사람을 하나 도와주고 싶다길래 언제든 보내라고 했더니, 다음날 바로 왔어. 인상이 좋더군. "박팀장님 소개로 왔습니다!" 꾸벅 인사한 다음 이제 제가 무얼 하면 좋을까요? 하는 눈으로 쳐다보는 거야. 무얼 시키든 최선을 다해 열심히 하겠습니다, 하는 군기 바짝 든 신병 표정이야.

그래서 내가 그 국숫집을 개업시켜줬지. 재개발 소문이 돌긴 했지만, 그만한 가격에 그만한 길목은 나 아니면 어려웠을 거야. 알아보니 내가 직접 할까 하는 욕심까지 들었을 정도니까. 마침 대학 졸업하고 취업 못하고 있는 친조카도 있었지만 눈 꾹 감고 넘겨준 거야.

꽤 열심히 했어. 자기 명의로 사업자 등록하고 장사를 시작하는데 의욕이 넘치지 않을 수 없지. 요리 교육이다, 창업 교육이다, 위생 교육이다 다 챙겨 듣고, 현장실습까지 마치고. 딱 봐도 참 성실한 친구다 싶었어. 박팀장이 애 하나는 참 잘 골라. 고생을 많이 한 친구라 그런지 사람 보는 눈이 날카로워.

하지만 권리금 사전 합의도 모르고, 정화조 용량 확인도 않고, 카드 대금 입금 통장과 출금 통장을 별도 관리해야 하는 것도 몰라. 내가 부가세 환급을 받으려면 개업 비용에 쓰인 계산서와 영수증 잘 챙겨두라고 하니까 "부가세요?" 하고 묻더군.

아, 부가세가 뭔지도 모르는, 그런 게 있는 것도 모르는 친구였으니 말 다 했지.

물론 이런 거 다 알고 꼬치꼬치 계산하는 애들이 장사 잘하는 건 아니야. 오히려 뭘 몰라야 잘해.

장사라는 게 말이야, 얼핏 계산을 잘해야 할 거 같지만 아니야. 사람 상대하는 일이라 자기 마음을 다 내어서 해야 해. 안 그러면 손님들이 귀신처럼 알아채거든. 우리 혓바닥에 무려 구천 개 이상의 미각세포가 있다잖아. 누구나 구천 개의 식당 맛을 하나하나 다 구분할 수 있다는 얘기 아냐. 그중에 제 입맛에 딱 맞는 곳을 골라서 가는 거니까 정말로 최선을 다해야 해. 나는 이것밖에 할 줄 모릅니다, 하는 자세로 정직하게 최선을 다해야지. 그래서 갈 때마다 내가 멸치 하나를 써도 좋은 걸로 쓰라고 말했지.

어쨌거나 장사가 참 잘됐어!

왠지 잘될 거 같긴 했는데, 내 예상보다 훨씬 더 잘돼서 내가 다 뿌듯했으니까. 나는 내 손님이 잘되면 기분이 참 좋아. 손님들 모시고 찾아가면 국숫값 안 받겠다는 걸 꼬박꼬박 다 계산했지. 공짜 손님 오면 망한다는 속설도 있어서 한 번도 공짜로 먹지 않았어.

재개발이 일 년만 늦춰졌어도 그 친구 돈 좀 만졌을 텐데 말야. 오죽하면 개발새발재개발, 이라는 말까지 생겼겠어. 될 게 빤한 곳도 된다 된다 말만 하면서 개발새발 늦춰지는 게 재개발이라, 우리도 확신 못하고 있었는데, 운이 좋은 건지, 아니면 나쁜 건지 원……

아무튼 사무실로 전화가 왔어. 사업시행인가 취득을 경축한다는 플래카드가 골목에 내걸렸다고, 재개발 지역을 소개해주면 어떡하냐고 따지더라구.

기가 막혔지. 재개발 지역이니까 그만한 자리에 그만한 가격의 가게가 났던 건데 말야.

하긴 무슨 인가가 나기는 났나보다 하지 그게 뭔지들 아나. 조합설립인가가 있고, 사업시행인가도 있고, 관리처분계획인가라는 것도 있는데, 뭐가 뭔지 다들 모르고 살아. 그러니까 우리 같은 전문가가 필요한 거고.

"임사장" 하고 내가 불러 앉혀 손목까지 붙잡고 설명해줬어.

"요즘 재개발 소문 안 도는 구시가지가 있는 줄 알아? 어디나 십 년 이십 년 전부터 얘기가 있지만, 정말 개발하기까지는 또다시 십 년 걸리고 이십 년도 걸리니까, 다들 그런가보다 하고 장사하는 거야."

듣고만 있던 박팀장도 거들었어.

"심대표님도 그렇게 빨리 되리라곤 예상하지 못했는데, 아마 그만큼 큰 데서 움직이는 거 같아."

"큰 데라면요……?"

"뭐 삼성이나 현대, 이런 데서 하는 거겠지."

그제야, 아! 하는 표정을 지어 보여.

"잘됐어, 큰 데서 하는 거니까 재개발이 되더라도 잘 보상하겠지."

박팀장이 자신 있게 말해.

"그럼, 다 일류니까."

나도 거들었지.

"요즘은 일류대 나온 애들도 떨어지더라구."

그런 다음 달랬지.

"시행인가가 나도 입주자들이 다 나가야 철거를 하든 하니까 또 한참 걸려."

조금 안심하는 눈치자 박팀장이 보탰어.

"그래도 모르니까, 대책위 같은 거 만들어서 잘 대응해야 될 거야."

"……대책위요?"

조심스레 묻자 박팀장이 일러줬어.

"재개발이란 게 다 있는 놈들 위한 거지, 세입자 위한 건 아니니까. 철거 반대 머리띠 두르고 해야 보상을 해주든 말든 할 거야."

나도 말해줬지.

"필요에 따라 데모도 하고 망루도 짓고 그래야 돼!"

"제가요?"

불안한 얼굴로 묻더군.

"아, 자네가 무슨 그런 걸 해?"

안심시켜줬지.

"빈철연이니 전철연이니 하는, 그런 것만 전문적으로 해주는 위탁업체가 있어. 일종의 대행업체 말야."

그래도 불안한 표정이니까 박팀장이 다독였어.

"정 안 되면 더 좋은 데서 할 수 있도록 도와줄 테니까."

나도 약속했지. "나도 도울 일 있으면 도울 테니까" 하고.

근데, 나중에 보니까 이 친구가 시위꾼이 됐더라고. 완전 데모꾼이 됐어.

내가 몇 번이나 충고했는지 몰라. 이 바닥에서 이십 년 이상을 살아온 전문가로서 볼 때 분위기가 좋지 않다고 볼 때마다 말렸어. 적당히 하라고.

근데 요즘 애들이 우리 같은 사람 말을 듣나. 안 듣지. 절대 안 들어. 불러서 몇 번이나 알아듣게 말했는데 그때뿐이더라고.

16. 알바생 윤희씨(23세)

손님이 아주 많지는 않았지만 적지도 않았어요. 일하기 딱 좋았어요. 너무 많아도 힘들지만, 저는 너무 적어도 안 좋아요. 시급을 더 주는 것도 아닌데 손님 없으면 편할 것 같지만, 많아야 일할 맛이 나요. 너무 많으면 곤란하지만, 너무 없어 힘 빠지는 것보다는 나아요.

인가가 나자 감정평가단이 다녀갔어요. 사장 오빠가 커피까지 내주며 "잘 부탁합니다!" 하고 인사하니까, 사람 좋아 보이는 표정으로 마주 웃으며 말했어요.

"걱정 마세요. 손해는 보지 않게 해드려야죠."

말끔한 감색 양복에 은테 안경을 쓴 사람인데, 핸드폰 바탕화면에 그 사람 아내와 아내를 빼닮은 딸을 안고 찍은 가족사진이 있었어요.

건너 골목에 '세입자 대책위원회'라는 사무실도 들어섰어요. 자기들이 알아서 충분한 보상을 받아낼 테니 걱정 말라며 가게마다 매달 삼만원씩 회비를 받아갔어요. 하지만 피서객 같은 원색 셔츠와 샌들 차림으로 반말을 하거나 볼 때마다 웃으며 아래위로 몸을 훑거나 해서, 제가 봐도 신뢰가 안 갔어요.

편의점 사장님 말에 따르면 부동산 하거나 사채업 하는, 여기서 나고 자란 건달들이래요. 뭐든 지들 마음 내키는 대로 하는 양아치들이라면서도, 그런 배짱이 좀 필요치 않나 싶어선지 은근히 의지하는 눈치였어요.

떠도는 얘기들도 그다지 나쁘지만은 않았어요. 개발이익만 이조니 사조니 하고, 조합원 가구당 오억이 떨어지느니 육억이 남느니 해서 설마 줄 만큼은 주겠지 하는 분위기였어요.

용역들이 인가 나기도 전에 들어왔는데 크게 걱정 않는 눈치였어요. 처음엔 여남은 명밖에 안 됐어요. 덩치로 보나 인상으로 보나 저 사람들이 말로만 듣던 용역 깡패라는 것들이구나 싶은 문신한 남자들이 국수를 먹으러 왔어요.

제가 너무 긴장하니까 사장 오빠가 직접 받았어요. 용 문신한 남자 하나가 아는 사람 보듯 빤히 쳐다봤지만 개의치 않고 평소 손님 받듯이 받았어요.

용역들도 태평했어요. 자기들끼리 농담하면서. 마치 인솔 선생님만 믿고 저희끼리 장난치며 따라온 학생들 같았어요. 혹은 시합

시즌이 끝나 휴식을 취하는 운동부 같았어요. 자신들이 어디 와 있는지도 모르고 관심도 없는 표정으로 떠들고 웃는.

식사를 마치고 나자 골목 앞 공터에 몰려서서 웃고 떠들며 담배를 피웠어요.

"무섭죠?"

제가 오빠한테 물었죠.

"저 심장이 얼마나 뛰는지 오줌 쌀 뻔했어요."

그러자 사장 오빠가 자기는 괜찮대요.

"난 심장이 없어."

그때는 그게 무슨 소린지 몰랐어요. 허센 줄 알았죠. 남자는 여자들이 보고 있으면 괜히 센 척하잖아요.

살림방 욕실 쪽창 너머로 공터가 빤히 내다보여요. 낮에도 어두웠는데, 하루는 불도 켜지 않은 채 이를 닦으며 오빠가 창밖을 몰래 구경하고 있더라구요.

"뭐해요?"

제가 다가가 물었죠.

오빠가 비켜준 너머로 용역들 모습이 보였어요.

작달막한 구레나룻 용역이 수도공사하느라 쌓아놓은 PVC 파이프 다발 위를 걸어가고 있었어요. 가장 연장자 같은데 서너 걸음도 걷지 못하고 미끄러지며 엉덩방아를 찧자 다들 웃음을 터뜨렸어요. 저도 오빠도 쿡, 하고 웃었죠.

그런 다음 이번에는 제일 어려 보이는, 덩치가 작지만 살집이 있어 아기 곰 같은 용역이 두 팔을 벌려 균형을 잡는 줄타기꾼 모습으로 파이프 위를 걸어갔어요. 넘어질 뻔하다, 넘어질 뻔하다가 이번엔 정말 넘어지는구나 싶었는데, 넘어지지 않고 무사히 건너가더라구요.

제가 작은 소리로 박수까지 쳐주었죠.

내기를 했는지 구레나룻이 "삼세판으로 하자구!" 우기니까, 아기 곰이 "그러는 게 어딨어요?" 따지더라구요.

"끝까지 가는 사람이 나타나면 그 사람이 갖는 거라고 했잖아요?"

"다른 애들도 공평하게 한 번씩 도전할 기회는 줘야지."

"일단 지금까지 건 거는 모두 내놓고, 그리고 다시 끝까지 가는 사람이 나오면 그때 또 내면 되잖아요?"

"아니지, 다 한 번씩 해봐야만 그게 더 공평한 거지!"

"에이, 그렇게 마음대로 정하는 게 어딨어요. 정해놓은 원칙대로 해야죠, 원칙대로!"

저 사람들도 공평한 원칙을 바라는구나 하는 생각에 웃었어요.

그런데 그렇게 쪽창 너머를 구경하느라 몸을 포개고 있다보니 오빠가 이상한 기분을 느꼈나봐요. 제 뒤에서 오빠 심장이 쿵쿵 뛰는 게 느껴졌어요.

오빠도 "어?" 하고 놀라더니,

"심장이 뛰어. 내 심장이……"

말하는 거예요.

언제부턴가 심장이 뛰지 않았다는 거예요.

놀란 듯한 눈으로 저를 쳐다보더니 제 손을 잡아 자기 가슴에 갖다댄 다음 제게 묻더군요.

"느껴져?"

너무 당황해 저도 모르게 고개를 저었어요.

"그렇네요. 쿵쿵 뛰네요. 그런데, 저, 저는 아, 아니에요……"

그때 만약에 제가 오빠 고백을 받아들였다면 어떻게 되었을까요?

너무 갑작스러운 고백이어서 당황했을 뿐 딱히 싫었던 건 아닌데, 그때 오빠 고백을 받아들였다면 오빠가 이렇게 되지는 않았을 텐데, 하는 생각을 해요.

이런 생각을 하지 않으려 해도 자꾸 하게 돼요. 아니, 그때 그렇게 하길 잘했다는 생각도 해요. 아니면 저까지 어떻게 되었을지 모르잖아요. 생각하면 미안하고, 한번 더 생각하면 잘했다 싶고……

잘 모르겠어요.

17. 튀김집 김사장(37세)

아무것도 몰라서 제가 이것저것 다 가르쳐줬습니다. 요일별 유동인구라든가, 주변 회사원들 특징이라든가, 전단지 돌리는 법부터 음식 쓰레기 처리 방법까지 다 알려주고, 상가회 모임도 데려가 어르신들에게 두루 인사시켰죠.

장사라는 게 손님 상대만 잘한다고 되는 게 아니잖아요. 고루고루 알아둬야 오래가고, 기본 식자재 같은 거 공동으로 사면 싸니까……

그러다 인가가 났는데, 성남에서 장사할 때 세입자들 당하는 걸 본 적이 있어서 대책위 만들어 싸워야 한다는 걸 저는 알고 있었어요.

하지만 저 역시 순진했죠. 대책위를 만들어 싸워도 절대 이길 수 없다는 건 몰랐으니까요.

참사 터지고 나서 보니 인가 신청 전에 시공사와 조합, 그리고 용역업체 간에 오십일억짜리 계약을 체결했더군요. 관리처분계획인가 이후 십 개월, 그러니까 다음해 3월까지 철거를 끝내지 못하면 하루 오백십만원씩 지체보상금을 배상하기로요.

툭하면 이삼백 명씩 용역들이 들이닥치곤 했는데, 이미 그렇게 계약이 되어 있었으니 그때까지 끝내려고 어떤 짓이든 저지르게 되어 있던 겁니다.

정말 어처구니없는 게 자신들도 처음엔 세입자 보상금으로 사백억 남짓을 책정해놓고, 실제로는 백이십억만 지급했어요. 자신들이 책정한 비용만 정직하게 사용했어도 이렇게 되지는 않았을 텐데, 그조차 아까워 용역을 쓴 겁니다.

권리금은커녕 이억 들어간 가게를 일억 주고 나가라 하고, 일억 들어간 가게를 삼사천 주고 나가라면 그게 전부거나 그나마 융자 받은 건데, 누가 그냥 나가요. 임사장이나 저나 최소 일억에서 오천은 생각했는데 각각 천오백, 천이백이 나왔어요.

"대책위를 만듭시다!"

제가 임사장 데리고 전골집 조형 찾아가 제안해서 제대로 된 대책위가 만들어졌다 아닙니까.

하지만 다들 장사만 해온 사람들이라 대책위를 어떻게 운영해야 하는지 알 수가 있어야지요. 뭘 몰라도 너무 몰라 싸웠던 거지만, 그리고 또 알았더라도 별수없었을 테지만……

아니, 아마 알았더라면, 저는 솔직히, 저를 어떻게 보실지 모르지만, 어떻게 해서든 건물부터 매입하려 했을 거예요. 선산 땅 몰래 팔고 제3금융권 융자라도 받아 허름한 건물이라도 사야죠. 열 배 스무 배 올랐으니까. 하지만 그렇게 조합원 되고 나면 세입자 내쫓으려고 용역 깡패 불렀을 테니, 차라리 몰랐던 게 낫지 않았나 싶기도 해요.

이렇게 된 게 더 낫다니, 생각하면 헛웃음밖에 안 나와요. 이젠 제가 웃고 싶어도 웃음이 제대로 안 나와요. 나와도 짧은 헛웃음이나 비웃음만 나와요.

어린 학생 손님들 상대하는 걸 제가 참 좋아해요. 이름도 외워서 불러주고 덤으로 하나씩 더 주고. 쫑알쫑알 떠드는 모습을 보고 있으면 제게도 생기가 옮잖아요. 까르르 웃기라도 하면 왜 웃는지 몰라도 저 역시 웃게 되고.

하지만 이젠 아이들이 아무리 크게 웃어도 하나도 안 좋아요. 너희들이 세상 물정 모르니까 웃을 수 있는 거다, 이런 생각만 들어요. 같이 웃어도 픽, 하고 웃어요. 어려서는 누구나 순수하고 행복해하지만, 사실은 그게 다 무지해 그런 거다 싶어요.

무지해야 웃을 수 있다니.

그런데 그렇게라도 웃는 모습을 보고 있으면 진짜 행복한 것도 같고, 부럽기도 해요.

그게 진짜 행복해 보이고 부럽다니, 뭐가 뭔지, 참……

18. 연탄구잇집 손사장(51세)

튀김집이 그럽디까? 그 사람 참…… 임사장이 국숫집 차리자 가장 못되게 군 게 바로 그 사람이에요.

국숫집이 자기네 손님 채갔다며 사사건건 트집잡질 않나, 에어

컨 실외기를 다시 설치하게 하질 않나, 야외 탁자 마련해 손님을 받자 불법시설물이라며 구청에 신고하질 않나.

그런데도 임사장이 형님, 형님 하며 잘 모셨어요.

임사장이라고 튀김집 심보 몰랐겠어요? 그런데도 형님으로 깍듯이 대접하는 거 보고, 임사장 저 친구 어리지만 무서운 사람이구나 생각했어요.

못된 사람을 보면 싸우는 사람이 있고, 피하는 사람도 있는데, 더 잘해주는 사람도 있을 수 있어요. 그러면 누가 제일 훌륭해 보이겠어요?

다들 임사장을 좋게 봤어요. 튀김집 때문에. 그러고 보니 튀김집이 임사장을 도와준 게 맞긴 맞네.

튀김집이 전골집을 찾아가 대책위를 제안하기 전에 저희가 다 알아봤어요. 법무사도 찾아가보고 진보당 당사와 인권변호사까지 다 찾아가보고……

정말 암담하더군요.

이웃한 5가만 해도 육 년 동안 싸웠지만, 임대 아파트로 들어간 건 딱 한 사람이에요. 그나마도 아이들 데리고 천막 치고 버티며 싸우다 감옥까지 가면서도 포기하지 않은 끝에야 겨우 따낸 거예요.

재작년부터인가 재재작년부터인가, 서너 블록 건너에 있는 공원 한쪽에 쓰레깃더미같이 허름한 임시 천막이 세워져 있는 걸 오며 가며 봤지만, 저 역시 별다른 관심을 두지 않고 살았죠. 도저히 사람이 살 것 같지 않은 남루한 천막인데 사람이 사는 것 같아, 대체 저 사람들은 어쩌다 저기서 저렇게 살까, 궁금한 마음으로 쳐다보긴 했지만, 신호 받느라 신호등 앞에 서 있을 동안만 궁금해하다 잊고 말았죠.

임사장이랑 문방구 윤사장이랑 저랑 셋이 찾아갔어요. 저희가 가까이 가서 귀를 기울여도 아무 기척도 나지 않아서 사람이 사나 싶었죠. 들어갈까 말까 한참을 쭈뼛거렸어요. 왠지 안을 들여다보면 결례일 것 같아서요.

마치 혼자 들어가 먹기가 꺼려져 식당 앞을 왔다갔다하며 들어갈지 말지를 가늠해보는 손님처럼 두 번 세 번 지나치면서 안을 슬쩍슬쩍 살폈어요.

때마침 말끔한 점퍼 차림의 사내 하나가 들어가려다 말고 "누구 찾으세요?" 말을 붙이길래, 임사장이 인사했어요.

"4가 철거민 세입자들인데요……"

"아" 하고 잘 아는 사람 맞는 듯한 웃음으로 반겨주더군요.

그가 바로 진보당 Y지구 부위원장 남상운씨였는데, 그것도 모르고 함께 들어가 저희 사정 얘기를 한 다음, 아무래도 정치인들에게 물어보는 것보다는 같은 철거민에게 물어보는 게 정확할 것 같아 찾아왔다고 했죠.

그러는 사이 꼬맹이 하나가 들어오더군요. 초등학교에 갓 입학했을 법한, 입고 있는 점퍼에 온몸이 파묻혀버릴 것 같은 조그마

한 꼬마 녀석이었어요. 세상에 사람이, 그것도 저렇게 작고 어린 녀석이 여기서 살고 있었구나, 하고 속으로 놀랐는데, 정작 아이는 아무렇지 않은 표정으로 냉장고에서 요구르트를 꺼내요.

가방을 내려놓고 점퍼를 벗고 냉장고를 열어보는 동작이 자기 집 형편에 아무런 불편도 느끼지 못하는 것처럼 자연스러워서 저희가 쳐다보고 있자니까, 요구르트 뚜껑을 따서 먹으려다 말고 저희에게 내밀더군요.

"아, 아저씨는 안 먹어도 되는데……"

임사장과 윤사장이 사양해서 저는 그냥 받았어요.

"고마워!"

제가 인사하자 자신의 선행이 쑥스러워서인지 자랑스러워서인지 두 발을 모아 깡충깡충 뛰듯 냉장고 앞으로 돌아가더니, 요구르트를 하나 더 가져와 남상운씨에게도 팔을 뻗어 건넸어요.

그런 다음 또하나를 꺼내 보이며, 자신을 지켜보고 있던 저희를 안심시키듯 자랑하더군요.

"또 있어요!"

그러자 임사장이 뒤늦게 자기도 하나 달라고 했어요.

그러곤 아이와 같이 놀았지요. 젊어서 생각이 없는 건지 순수한 건지, 우리 얘기는 제대로 듣지도 않고 아이하고만 놀았어요. 마치 그러려고 온 사람처럼.

19. 문방구 윤사장(59세)

국숫집 사장도 갔었나?

연탄집이 착각하는 걸 거예요. 연탄집과 저랑 둘만 갔는데……

아무튼 그날 남상운씨가 저희한테 무심코 했던 말이 있는데, 전 그게 너무 충격이었어요. 구청 직원들이 용역 앞세워 저희 대책위 사무실 습격한 얘기를 해주며—저희가 대책위를 발족시키고 임시 사무실을 개설했는데, 불법이라며 구청 직원들 십여 명과 용역 오십여 명이 쳐들어와 다 부숴버렸거든요—앞으로 어떻게 대처해야 좋을지 모르겠다고 한숨짓자 "그래도 세상 많이 좋아진 거예요!" 하며, 마치 아무것도 모르는 천진한 아이를 바라보는 듯한 표정으로 웃어요.

"지금은 그래도 사람을 때려눕혀놓고 화염방사기를 쏘지는 않죠. 각목에 못을 박아 휘두르거나 여자들 브래지어와 팬티를 벗겨 거기다가 연탄재를 집어넣는 그런 폭력을 쓰진 않잖아요."

저희를 위로한다고 하는 말인지, 현실을 개탄하느라 하는 말인지, 아니면 경각심을 주려고 하는 말인지……

다른 설명도 많이 해줬지만 돌아오는 내내, 맨 처음 했던 그 말만 자꾸 귀에 맴돌았어요. "많이 좋아진 거예요! 지금은 그래도 사람을 때려눕혀놓고 화염방사기를 쏘지는 않죠. 각목에 못을 박아 휘두르거나……"

연탄집 먼저 보내고 저 혼자 벤치에 한참을 앉아 있었어요.

알고 보니 화염방사기 사건은 우리 Y구 H동 재개발 때 터진 거예요. 십 년 전에, 용역들이 철거민 하나를 화염방사기로 바비큐 굽듯 구워버렸어요. 그러나 그 말을 듣고도 저는 그랬나? 그런 일이 있었던 것도 같은데, 기억이 잘 안 나는 거예요.

제가 거기서 이십 년째 문방구 장사만 해왔는데, 문방구에 앉아 있으면 텔레비전 보는 일밖에 없으니까 뉴스를 하루 일고여덟 번씩 보게 돼요. 그러니까 기억이 안 날 리 없는데, 기억이 안 나더라구요. 한참을 생각해보니까 그런 뉴스를 봤던 것도 같고, 한참을 생각하니까 봤다고 착각하는 것도 같고……

아무튼 퇴근시간이어서 앞사람 발소리와 그림자를 이으며 행인들이 지나갔어요. 귀에 이어폰 꽂고 가는 아가씨, 핸드폰 통화하며 가는 남자, 비닐이나 종이 봉지에 무얼 싸들고 가는 아주머니……

모두 여느 날의 퇴근시간과 다를 바 없는 모습이었죠.

왜 저 사람들은 저렇게 평소 모습으로 퇴근하고, 나는 여기 이렇게 앉아 있어야 하나. 우리가 시위한다고 저 사람들이 우리에게 관심이나 가질까.

우리가 무슨 일을 당해도 저 사람들 역시 기억조차 못하지 않을까 싶은 거예요.

착잡하더라구요.

저 사람들이라고 해서 저와 다를 리 없잖아요.

자기와는 상관없는 문제로 보는 거죠.

근데 이게 알고 보면 상관없는 문제가 아니거든요. 그런 식으로 여기저기 쑤셔놔서 있는 놈들 배만 불리게 집값만 잔뜩 올랐잖아요.

참사 나고 이 동네로 이사왔는데 그뒤로 우리 사는 아파트 전세가 일억 오르고 이 가겟세가 오십이 올랐어요. 참사를 막았더라면, 아니 참사가 나고 나서라도 재개발 정책에 대한 진상조사를 철저히 했더라면 이렇게까지 안 올랐을 거예요.

부동산이라는 게요, 자연스럽게 결정되는 게 아니잖아요. 보유세니 종부세니 양도세니 실거래가니 선분양이니 금리니 하는 정책 중에 아무거나 일이 프로만 올려도 오르고 내리는, 완전히 인위적인 거잖아요.

이제 우리 애 장가보내야 하는데, 평생 안 놀고 이렇게 장사했는데 제 재산은 반쪽에 반쪽에 반쪽이 났어요. 이건 사라진 게 아니라 누군가 빼어간 거라구요.

20. 도서 대여점 반사장(36세)

어쩌겠어요. 세입자 이백 명 중에 여남은 명 제외하고 나머지는 다 오륙십대예요. 젊은 사람이 더 필요하다 싶어 튀김집도 부르고 국숫집도 부르자 했지만, 반대의견도 만만찮았어요. 튀김집은 평소 평판이 안 좋고, 국숫집은 인가 직전에 들어온 사람이라 잘 모르니까요.

제가 참석시키자고 강력히 주장했어요. 이게 착한 사람일 필요가 없어요. 계산 빠른 사람이 악착같이 싸워도 승산이 없는데, 착한 사람 갖다 뭐에 쓰냐고 따졌죠.

어용 대책위가 먼저 만들어지는 바람에 새 대책위를 만들려고 하니까, 갈아타면 불이익 당할 거란 말도 돌고, 자기들만 보상 더 받을 생각으로 만든다는 비난도 돌고, 세입자들을 분열시키는 대가로 더 받기로 했다는 악소문까지 돌고……

그 바람에 어용 대책위랑 용역들 눈치보며 몰래몰래 사람들을 찾아다녀야 했어요. 나쁜 짓 하는 사람들처럼 몰래 찾아다니니까 정말 나쁜 짓 하는 기분이더군요.

쉬쉬해가며 사람들을 모아 서너 블록 떨어진 지하 다방에서 스무 명 남짓이 처음으로 모였어요. 아무도 믿을 수 없으니까 간첩 접선하듯 일대일로 만나서 누가 모이는지도 몰랐는데, 이 골목에서 십 년 이십 년 장사해온 믿을 수 있는 분들 중심으로 연락하다 보니 태반이 할머니 할아버지들이에요.

볼트 공장 박사장님, 골뱅이집 하씨 할아버지, 낙지집 곽사장님 내외, 복어집 안철우씨, 금은방 김길호씨, 당구장 현미씨, 반찬가게 문씨 아주머니, 모텔 대리 운영하는 송씨 할아버지, 미용실 류

경혜씨, 분식집 함씨 할머니, 찌갯집 최씨 할머니, 포장마차 정씨 할머니……

착잡하더라구요.

평생 장사만 해온 분들이어서 가게 일이야 눈감고도 하실 분들이지만, 세상일에 대해서는 가게 텔레비전으로밖에는 보지 못한 분들이잖아요.

들어설 때는 쭈뼛쭈뼛 어색한 표정이더니 서로를 확인하자 남의 집 잔치에서 아는 사람 만난 듯이 반가워하셨어요. 전골집이 몇 번이나 주목을 요해도 자기들끼리 속삭여요. 옆 사람에게 속삭인다지만 모두에게 들릴 목청소리로 "근데 이 물은 정수기여 아니면 생수여?" 물으니까, "우리 거랑 같은 정수기구만, 여기 물이 좋아" 하면서 말꼬리가 잇따라요. "그쪽 가게는 어디 정수기를 쓰는가?" "한 달에 얼마씩인데?" "아, 어디로 거래하길래 그렇게 싸댜?"……

결국 전골집이 하던 말을 멈추고 웃으며 물었죠.

"최사장님, 저도 궁금하네요. 대체 어떤 정수기를 쓰시길래 그렇게 좋다는 거예요?"

"아이고, 지금 나보고 사장님이라고 불러준 거여? 앞으로 자주 나와야겠구먼. 다들 할머니라고만 불러들 싸서 아주머니라고 불러만 줘도 황송한데, 사장님 소리도 다 듣고……"
하니까 다른 분이 "우리 나이면 이제 할머니지 뭐!" 하고, 또다른 한 분은 그 참에 자랑이시더군요.

"난 그래도 어디 가서도 할머니라는 소리는 아직 못 들어봤어!"

"젊어 보일 때가 좋을 때여!"

맞장구를 쳐주자 손사래 쳐요.

"아, 좋을 거 하나도 없어. 버스 타면 양보도 안 해주지, 또 전철 타면 노약자석이 비어 있어도 앉을 수가 없어. 눈치 보여서……"

"난 노인네 취급당하기 싫어서라도 노약자석은 싫더라. 일반석에 앉아 가면 모를까."

누군가 투덜거리자 "맞아" 하며 받아요.

"하지만 일반석에 앉으면 젊은이들이 싫어해. 노약자석 남겨두고 자기들 앉을 자리까지 빼앗는다고."

"그래도 노약자석 앉아 가는 것보다는 젊은이들 옆에 앉아 가야 젊은 기운도 받고 좋지!"

다들 까르르 웃어요.

이런 분들과 어떻게 대책위를 꾸려가나 한숨이 절로 나더군요.

잘못 생각한 거죠.

지나고 보니까 거의 이분들만 마지막까지 남더라구요.

이삼십 년 정직하게 장사만 해온 분들이어서 끝까지 싸운 게 아니에요. 그냥 갈 데가 없으니까 싸울 수밖에 없어요.

간단해요.

재개발 들어오면 모든 사람이 둘로 나뉘어요. 건물주냐 세입자냐. 평소 마음씨나 직업이나 나이나 다른 아무것도 중요하지 않아요.

상가 세입자는 손해보는 액수로 나뉘고요. 가진 게 그게 전부인 사람들, 달리 갈 데가 없는 쪽일수록 싸울 수밖에 없죠.

조금이라도 재기할 여력이 있으면 결국 포기해요. 그래서 저는 믿기로 친다면 연탄집 같은 사람보다는 국숫집이나 호프집 충혁 씨를 믿었어요. 투자비 때문에라도 싸울 수밖에요.

반면에 연탄집은 다른 지역에 가게를 하나 더 갖고 있는 분이잖아요. 아내가 하는 자그마한 분식집이라지만 어쨌거나 기댈 구석이 있는 거죠.

물론 연탄집도 처음엔 꽤 열심히 했어요. 총회 준비하고, 시민단체 찾아가보고, 다른 철거 지역 가서 알아보고, 구청 가서 항의 시위하다 얻어맞고……

21. Y2지구 정미네미용실 정미씨(51세)

아주 순한 사람이야. 너무 순해서 좀 어리바리하달까. 감옥 가기 싫으니까 도망간 거야. 이런 사람들일수록 잘살아. 어디선가 잘살고 있을 거야.

우리 가게로 한 달에 한 번 커트하러 왔는데, 깎다가 이상한 느낌이 들어 보니까 거울 너머로 혜나를 보고 있는 거야. 그다음부터는 혜나에게 맡겼지.

우리는 구역이 달라서 계속 장사했는데, 머리 깎는 내내 혜나를 거울 너머로 훔쳐보고 또 훔쳐보고…… 혜나가 쳐다보면 얼른 딴데를 쳐다보는데, 놀라 눈길을 돌리는 건지 부끄러워 그러는 건지 얼굴이 빨게.

보통 좋아하는 사람 쳐다볼 땐 상대방 몰래 가슴 졸이며 훔쳐보잖아. 그런데 혜나가 알 수 있게끔 혜나가 본 다음에야 눈길을 돌려.

혜나가 말을 걸지 않을 수 없지. 웃으며 고향도 묻고, 나이도 묻고…… 그랬더니 가게 앞을 지날 때마다 인사하고, 주문하지도 않았는데 국수까지 말아다주고……

아무튼 그렇게 가까워지나보다 했는데, 혜나가 물어.

"사람 심장이 안 뛸 수도 있어요?"

심장이 안 뛴대. 왼편 오른편 가슴에 모두 귀를 대봐도.

"다른 장기라면 모를까 심장이 안 뛰면 어떻게 살아?" 반문하니까 "없는 건 아니구요. 잘 뛰지를 않는대요" 하더라구.

그런가보다 했어. 뭐, 부정맥 같은 게 있나보다 했지.

"〈세상에 이런 일이〉 보면 별의별 사람이 다 있긴 하더라. 머리가 둘인 사람도 있고, 다른 사람 꿈속에 나타나 얘기해주는 직업을 가진 사람도 있고……"

그러다 국숫집에 알바하는 애가 새로 들어왔어. 키 크고 비쩍 마른 앤데, 혜나가 약이 올라 흉을 보더라구. 앞치마보다 짧은 치마를 입고 다닌다느니, 알바 시간이 끝났는데도 가지를 않고 있다느니, 임사장까지 다시 담배 피우게 만든다느니……

"알바가 바뀌든 사장이 바뀌든 남의 가게 일에 네가 뭐하러 신경써?"

내가 약을 올리니까 흉을 보더라구.

심장을 멈추게도 하고 뛰게도 한다더니, 그게 다 여자 꼬시는 레퍼토리였던 거지. 마치 귀를 움직이거나 눈동자를 굴리는 장난처럼, 심장 소리를 들리게 했다가 안 들리게 하는 그런 재주가 있나봐. 자기는 평소에 심장이 뛰지 않는다며 가슴에 귀를 대보게 한대.

귀엽더라구.

그런 유치한 장난에 속다니, 속는 게 바보지.

근데 그게 바로 사랑이야.

속는 게.

속아도 괜찮아. 예뻐지니까.

연애는 미용과 같아. 할수록 예뻐져. 특히 여자는 예뻐지면 사랑에 빠진 거야. 남자가 있든 없든 이미 사랑에 빠진 거야. 예뻐지면 사랑에 빠지는 남자가 나타나니까.

나도 많이 빠졌는데, 이젠 잘 안 돼. 속아야 하는데, 내가 남자들을 딱 알아보니까.

좀 속아봤으면 좋겠어. 나이가 드니까 거짓말인 게 다 느껴져. 믿어줘야 서로 힘이 나는데 말야.

암튼 알바생들 바뀔 때마다 예쁜 여자애들만 쓰고, 피치 못할 일이 생겨 나간 게 아니라 피치 못할 핑계를 대서 나가게 만드는 거 같대. 사실인지 아닌지 나야 알 수 없지. 하지만 나도 직원 쓸 때 기왕이면 예쁜 애들 쓰고, 마음에 안 들면 스스로 나가게 만드니까. 정말로 그런 인간일 수도 있고, 혜나 눈에는 그렇게 보였을지 모르지만, 그렇게 보니까 그렇게 보인 걸 수도 있고.

일단은 속아줘야 하는 거야. 그럼 상대도 알아. 이 여자가 알면서 속아주는구나. 그래서 계속 속이는 남자도 있는데, 그런 후진 인간은 만나면 안 돼.

대개는 그쯤에서 사랑한다고 고백해.

의심을 하면 화내. 그러고는 뒤로 몰래 하지. 우리 때 남자들은 다 그랬어. 요즘은 다르겠지.

변하지 않는 건 없으니까.

사랑에 빠지면 다 변해. 나랑 만나는데 그대로면 그 사람은 나를 사랑하지 않는 거야. 어떻게 사랑하는데 안 변할 수가 있어. 근데, 그러면 평소 모습이 그 사람일까. 아니면 연애할 때 나타나는 모습이 진짜 그 남자일까.

숨겨놓았던 모습이라지만, 자신이랑 연애하지 않으면 나타나지 않았을 모습이잖아. 난 그게 궁금해서 연애가 좋아. 저 사람 만나면 나는 또 어떤 모습일까. 그리고 저 사람은 어떻게 변할까. 이게 너무 궁금해.

22. 찌갯집 최씨 할머니(65세)

얼매나 착한지 몰라. 내가 오죽하믄 사위 삼고 싶다고 했으까. 딸도 없음시로. 그랴도 손녀들은 많아. 셋이나 된당께. 내가 자꾸 하나 더 낳아보라고 하믄 말로는 그러겄다고 함서, 안 낳을 거 같아. 며느리가 인자 내 말을 안 들어묵응께.

아무튼 하는 짓이 아주 반듯해 잘됐으면 좋겄다 싶은 총각이제. 모임 돈 안 빼묵고 또박또박 나오더라고. 내 눈에는 그라고 보였더란 말이시. 사실은 잘 모르제. 층엔 내가 잘 안 나갔응께.

무섭더라고.

조끼 입고, 데모하고, 그런 거 일절 해본 적이 없응께.

워쨌든 늦게라도 나가믄 뒷자리에 앉아 있다 인사하고 자기 자리 다 내주고……

총회는 하나도 안 빼묵고 다 모였응께.

플래카드 들고 행진도 하고, 조합 사무실 가서 그 뭐시냐, 구호도 목 터져라 지르고, 그때는 경찰도 교통정리를 함시로 우리를 보호해줬단 말이시.

그러다 전쟁 나는 줄 알았제.

횟집 주차장 공터에 조립식으로 사무실을 크게 지었는디, 다음 날 새벽에 용역들 앞세운 구청 직원들이 쳐들어와서 부숴불더라고. 유리창 다 깨고, 해머, 빠루, 쇠몽둥이 그런 걸로 문짝이며 창문이며 닥치는 대로 찍어불고. 남자들이 막아봤지만 상대가 안 돼야.

그때 국숫집 총각이 "야아아!" 호통을 지름시로 단신으로 덤벼들더라고. 용역들 여남은 명을 한꺼번에 밀치고 혼자 우당탕 들어간 마시.

"그만해, 이 개새끼들아!"

워매, 오뉴월 천둥소리맹키로 "안 그러면 다 죽을 줄 알아!" 하고 가스통 끌어안고 라이터를 꺼내든게, 다들 움찔허제. 죄다 얼어붙더라고. 순간적으로 사위가 조용해짐시로 어디선가 틀어놓은 텔레비전 소리가 다 들려오더라고.

그러고 난께 염병할 놈의 경찰이 왔제.

연대하러 나가믄, 우린 그런 자리 머쓱항께 슬그머니 나무 그늘로 들어가 앉기도 하고, 화장실 찾는 사람도 있고 그라제. 그럴 때 따라댕김시로 무거운 거 다 들어주고, 자리 찾아주고, 생수 사다 주고, 신문지나 박스로 앉을 자리 잡아주고 다 했어.

내가 젊었을 때 사고로 엉덩이뼈가 부러져갖고 여기 이렇게 고정쇠로 봉합했어. 서서 하는 건 몇 시간씩 할 수 있는디, 앉았다 일어났다 하는 게 힘들제. 앉았다 일어나는 것보다 계속 서 있는 게 낫기 때문에, 서서 일하는 식당 일이 나한테 맞제. 남들보다 더 많이 일하게 된당께.

내가 앉을라 하믄 총각이 달려온당께. 또 일어날라 하믄 부리나케 달려와주고…… "어무이, 어무이, 지가 해드린당께"이라는디, 진짜 사위 삼고 싶더랑께. 나한테 겁나게 잘했제. 우리 며느리보다 더 잘했단 말이시.

"우리 엄니, 시집 한번 더 가야 쓰겄소잉. 시방도 새색시처럼 가뿐허요잉."

부축해줌시로 요로코롬 장난을 쳐서 날 웃게 만든당께. 보기만 해도 안 든든하겄소.

23. 커피숍 사장 박숙미씨(45세)

점심때야. 장사 못하게 꼭 식사시간에 행패를 부려. 바로 앞이니까 다 지켜봤어.

우리 가게는 단골들 중에 점잖은 분들이 많으니까 안 건드려. 구청 계장님도 자주 오시고 부목사님도 들르시고……

용역들 여남은 명이 한꺼번에 최씨 할머니 가게로 우르르 몰려갔어. 할머니가 전철연 조끼를 입고 있으니까. 난 겁나서 안 입었어. 들어가더니 각자 테이블 하나씩을 차지하고 앉아. 그러곤 고함치듯 큰 소리로 한꺼번에 주문들을 해. 물 달라, 휴지 달라, 물수건 달라, 메뉴판 달라, 소주 달라……

할머니가 정신이 없어 한 테이블로 모여 앉아달라고 하니까, 서로 모르는 사이라면서 따로따로 테이블을 차지하고는,

"우린 저놈이랑 절교했소!"

건너편 테이블을 턱으로 가리키면, 건너편에서 험악한 표정으로 대꾸해.

"저게 지금 누굴 턱으로 가리키고 지랄이야? 마빡에 피도 안 마른 어린놈의 새끼가 감히 형님을 턱으로 가리켜?"

아주 신이 나서 대꾸해.

"어라? 아직 고추에 씨도 안 생겼을 놈이 싸가지 없게 욕지거리냐?"

그러면 또다른 테이블에 앉은 용역이 소리질러.

"아, 거 씨발 좀 조용히 합시다!"

"찌개에 돼지 발정제를 처넣었나, 아니면 돼지 발정제 먹고 죽은 돼지고기를 처먹었나. 존나 시끄럽네!"

"당신이 이 가게 주인이야? 주인도 아니면 그냥 잠자코 입다물고 밥이나 처먹구 가!"

"에잇, 싸가지 없는 용역 새끼들!"

지들이 지들 욕을 서로 하고 좋다고 막 웃어.

내가 경찰을 불러도 안 와. 여러 번 불러야 한참 있다가 와. 그것도 와서는 둘러보기만 하고, 도로 그냥 나가. 손님들이 특정한 물리적 행패를 부리지 않는 한 자신들도 주의를 주는 것밖에는 달리 어떻게 할 수 없다는 거야.

"아니, 그냥 도로 나오면 어떡해요?"

따져보지만,

"식사들 하겠다는데, 그걸 저희가 내쫓을 수는 없잖습니까?"

도리어 따져. 기가 막혀. 정말 기가 막히지. 그래도 못 따져. 그랬다가 용역들 눈에 박히면 어떡해.

그때 한기씨가 나서더라구.

"당신들 눈에는 저 사람들이 식사하러 온 사람들로 보입니까?"

아직 어려서인지 무서운 걸 모르더라구.

경찰이 답답하다는 듯 한숨을 쉬며 말했어.

"제 눈에 이렇게 보이든 저렇게 보이든 중요한 건 그게 아니잖습니까?"

"대한민국 경찰은 누구 편입니까?" 하지만 구경꾼들도 따지고, "아니, 대한민국 경찰한테 중요한 건 뭔데요?" 한기씨가 막 언성을 높여 대들고, 그러자 그놈들이 식당 안에서 소리쳐.

"거 좀 조용히 합시다! 시끄러워 밥을 못 먹겠네."

그러자 한기씨가 대학생이라더니 진짜 대학생답게 경찰한테 따져.

"어디 한번 들어나 봅시다. 당신 눈에 중요한 건 대체 뭐요?"
그러자 경찰이 인상을 찡그려.
"당신? 내가 당신 눈에는 당신으로 보여?"
"당신들 같은 짭새한테는 당신이라는 말도 아까운 줄 알아!"
한기씨가 소리치자 "어허, 이 사람들이 참!" 하며 혀를 차고, 그러자 부하 경찰이 달랬어.
"참으세요, 경위님. 제발 참으세요, 경위님."
한기씨가 다시 대들었어.
"참아? 당신들이 뭘 참아? 보자 보자 하니 진짜 못 참겠네, 씨발. 지금 참고 있는 게 당신들이야?"
그러자 또다른 경찰이 따져.
"지금 욕하신 겁니까?"
그러자 식당 안에 있던 용역들이 무슨 재미난 싸움이라도 난 것처럼 출입구 유리창 쪽으로 몰려와서는, 자신들은 다만 구경꾼인 것처럼 왜들 저러나? 하는 눈길로 쳐다봐. 그중 하나가,
"싸워서 해결하면 될 걸 가지고 왜들 말로만 저런댜?"
농담하고, 나머지가 왁자하니 웃어.
"아, 형님, 조크 하나 끝내줍니다!"
"오늘은 형님 조크, 언제 터지나 애타게 기다렸지 말입니다!"

24. 전골집 조형(38세)

잘 모르겠어. 너무 순진해서 그런 것 같기도 하고. 끄나풀이었던 것도 같고.

처음엔 같이했지만 전철연 들어간 뒤부터는 서로 알은체하지 않았어.

다른 지역 알아보니까 조합 쪽에서 대책위 와해시킬 목적으로 미리 사람을 심어놓는다는 거야. 새시 사업권 같은 걸 미끼로 말이지.

지금도 잘 모르겠어. 그런 거 같기도 하고, 아닌 거 같기도 하고……

나한테도 여러 번 제안이 왔어. 기존 보상에 오백을 더 주겠다, 천을 얹어주겠다, 이천까지 보태주겠다 하면서. 단칼에 거절했지만 힘들 때마다 자꾸 생각나. 내가 무슨 민주투사도 아니고 알아주는 사람이 있는 것도 아닌데 뭐하러 이러고 있나. 나 하나라도 챙겨서 빨리 빠져나가야 하는 게 아닐까.

치킨집 석규씨나 볼트 공장 박사장, 호프집 이충혁 위원장도 나와 똑같은 고민을 했을 거야. 내가 받은 제안과 비슷한 제안을 받았을 테니까.

제안을 해서 받아들이지 않더라도, 서로 의심하게 만드는 거지. 다른 사람들도 이런 제안을 받았을 텐데, 나만 의리 지킨답시고 바보짓 하는 거 아닌가 하는 회의가 들지.

아무도 믿을 수 없어. 자기 자신을 못 믿는데 누굴 믿겠어.

믿어서라기보다는, 저들이 제시한 보상액이 지나치게 터무니없어서, 그 정도 액수로는 배신하지도 못하는 거야.

그런데 한기씨는 너무 과격했어. 흥분을 쉽게 했어. 구청 가서 직원들과 시비 붙었을 때 치고받아서 문제를 일으키지를 않나, 구청 직원들이 용역들 앞세워 대책위 사무실 부술 때는 LPG 가스통 끌어안고 죽어버리겠다고 하지를 않나.

무허가라며 구청에서 계고장도 없이 해머와 빠루 가져와 책상이며 유리창이며 다 때려부숴. 나이드신 분들까지 패대기쳐 밀치고. 그걸 금은방 김사장이 옆 건물에서 비디오카메라로 다 찍고 있었는데, 한기씨가 난데없이 소리지르며 가스통 끌어안고 자폭하겠다고 나서는 거야. 그 바람에 자해 소동이 되어버렸지.

최씨 할머니 식당에서는 경찰한테 대드는 바람에 용역들을 잡아가기는커녕 우리가 폭행죄로 들어갈 뻔했다니까. 물론 경찰이 용역 편을 들어서지만, 경찰이 용역 편인 걸 몰랐냔 말야. 대한민국 사람이라면 다 알고 있는 사실 아니냔 말야.

일을 도우러 온 사람이 아니라 더 복잡하게 만들러 온 사람 같았어. 실제로 위원장 앞으로 소환장이 날아와 벌금 팔십만원인가를 냈다구. 어리고 혈기왕성하다보니 그런 것 같기는 한데, 번번이 상황을 더 악화시키니까 뭔가 수상해 보이더라구.

집회 끝나고 해산할 때는 이충혁 위원장에게 따져.

"이대로 물러나는 겁니까? 구청 앞에 천막 치고 확답을 받아내야 하는 거 아닙니까?"

뒤풀이 때는 회원들 힘 빠지게 만드는 소리를 해.

이전 보상보다는 임시 상가나 대체 상가를 요구하자니까, 알아보니 대한민국 역사 이래 상가 세입자에게 권리금을 보상해주면서 철거한 경우가 없더라며 화를 내며 따져.

"권리금 보상은커녕 시설비 보상도 쉽지 않은데 임시 상가 같은 요구를 저것들이 들어주겠어요?"

"그럼 임사장님은 어떡했으면 좋겠습니까?"

위원장이 묻자 도리어 짜증을 내더라구.

"내가 그걸 알면 지금 이러고 있겠어요?"

조끼나 호루라기 같은 대책위 장비 마련할 때는 야구방망이와 골프공까지 준비하자고 주장하는 거야.

"쟤들은 쇠파이프 들고 다니는데, 우리는 조끼랑 호루라기만 준비합니까?"

이번에도 위원장이 물었지.

"어떡하면 좋겠어요?"

"우리도 쇠파이프, 새총, 화염병 다 준비해야죠!"

보다못한 내가 버럭 소리질렀어.

"거 젊은 사람이 생각 좀 하고 발언합시다!"

나중엔 임사장이 말을 하려고 하면, 말을 들어보기도 전에 한숨부터 나더라고. 돕겠다는 건지 그르치겠다는 건지……

25. 치킨집 석규씨(40세)

수상한 친구였어요. 우리 중에 가장 미심쩍은 세입자가 있다면 바로 그 친구 아닐까 싶네요.

진보당 주선으로 설명회를 가진 적이 있어요. 모 대학교수가 와서 우리나라 철거사와 철거 현실에 대해 설명해줬는데, 결론은 결국 싸워야 한대요. 감정평가 외에 우리가 받을 수 있는 건 삼 개월치 영업손실 보상금이 전부라는 거예요. 대개 절반은 융자받아 장사하는 사람들인데 절반도 못 받는다니 말이 돼요? 융자 갚고 나면 거지꼴이 되는데 어떻게 그냥 나가요.

그러나 방법이 없어요. 구청이나 법원에 항의해봐도, 구청은 조합과 세입자 간의 문제라며 발뺌하고, 법원 결정은 설령 나더라도 철거당한 뒤에나 나니까요. 게다가 명도 소송에서 세입자 손을 들어준 판례가 단 한 번도 없다더라구요.

그러자 그 친구가 묻는 게 아니라 따지는 투로 질문했어요. 마치 그렇게 만든 사람이 그 교수인 것처럼.

"아니, 이익이 발생하니까 개발하는 건데, 받아야 할 금액조차 받지 못한다는 게 말이 되나요? 감정평가가 엉터리로 나와도 방법이 없다는 게, 이게 지금 말이 돼요?"

교수님이 마치 자기 잘못인 양 몹시 미안한 표정으로 "그러게요. 법이란 게 지금 그렇게밖에 안 되어 있네요"라며, "저희 같은 전문가들이 더 고민하고, 국회에서 제대로 입법해야 하는데……" 안타까워했어요.

그런데 의자를 박차고 나가는 거예요.

"씨팔, 교수가 뭐가 아쉬워 우리 같은 세입자 편을 들겠어!" 하면서 말이에요.

그때만 해도 저 친구가 정말로 화가 나서 저러는구나 했죠. 하지만 하루는 금은방 길호씨가 나를 가게로 부르더니 비디오테이프를 보여주는데, 대체 무슨 비디오길래 보라고 하나 하고 봤더니 재개발 문제를 다룬 지상파 다큐멘터리예요.

어린아이까지 모두 네 명이나 사망한 상계동 철거 얘기도 나오고, 도원동 재개발 때 화염방사기에 코가 뭉개지는 화상을 입고 손가락이 여덟 개 잘린 청년, 용역들에게 얻어맞아 온몸이 골절된 할아버지…… 너무 끔찍해 꼼짝 못하고 봤어요.

"아내가 불안해하길래 이해시켜주려고 같이 봤어."

우리가 하는 일이 올바른 싸움이란 걸 설득시킬 요량으로 제수씨랑 같이 봤다는 거예요.

답답하더군요. 길호씨 아내는 중국 창춘이 고향인 조선족 여잔데, 길호씨만큼이나 순하고 겁이 많아요.

"아니, 이런 걸 왜 제수씨랑 봐?"

퉁을 줬죠.

"그러게, 이걸 보더니 더 반대야. 그냥 이사가잔다. 안 그러면 이혼하겠대."

내가 물었어요.

"이 테이프는 어디서 난 거야?"

낙지집 곽사장한테서 받았다길래 곽사장한테 전화 걸어 이런 걸 왜 돌려보냐구 물었죠. 그랬더니 자기도 받은 거래요. 임사장한테.

26. PC방 윤대영씨(53세)

H지구 합의서 체결 소식이 들려왔어요. 우리처럼 상가 세입자들인데 가수용 상가에 십 년 영업권까지 보장받았더라구요. 그러니 얼마나 반가워요. 마치 우리가 받은 것만큼이나 기뻤죠.

한데 그 친구가 잡지책을 가져와 읽어주며, 기뻐할 일만은 아니라고 분위기를 깨는 거예요. H지구 위원장 인터뷰였는데, 합의까지가 만만치 않더군요.

"새벽 댓바람에 포클레인 밑에 들어가 포클레인이 들어오는 것도 막아보고, 포클레인 위에도 올라가보고, 포클레인 바가지에도 타보고, 진짜 무섭더라구요. 막 심장이 벌렁벌렁하고……"

"덤프트럭이 가면 덤프트럭에 매달렸어요. 못 나가게. 맨몸으로 한 거예요. 그럼 용역 애들이 와가지고 끌어내요. 끌어서 내던지면 저만큼 나가떨어져요. 이런 생활을 몇 개월이나 했어요……"

"연골이 파열돼 석고붕대를 하고, 허리를 다쳐 복대를 한 상태로도 포기하지 않았어요. 나중에는 몸에 인분을 칠하고 휘발유를 뒤집어썼어요. 얼마나 겁이 나던지 몸이 벌벌 떨리더라구요. 나이 든 여자들뿐이니까 달리 방법이 없었어요……"

한기씨가 다 읽고 나자 다들 웅성웅성해요.

겉으로는 대단하구먼, 하고 부러워했지만, 분위기가 착 가라앉아버렸죠. 우리가 할 수 있을까 싶어서요. 속으로는 우리도 저렇게 해야 하나. 과연 저렇게까지 할 수 있을까. 설마 저렇게까지 하지 않아도 방법이 있지 않을까.

"당신 할 수 있겠어?"

당장 아내부터 반대였어요.

"연골이 파열돼 석고붕대 하고 허리에 복대 찬 상태로, 인분 칠하고 휘발유 뒤집어쓰고 포클레인 올라갈 수 있겠어?"

나도 모르게 짜증을 냈어요.

"아니, 왜 그런 부정적인 생각부터 해?"

아내가 기어들어가는 소리로 보태요.

"목동 재개발 때 삼십 명 이상 죽거나 다쳤대. 상계동에서는 어린애들까지 네 명이 죽고……"

한기씨한테 들었다는 거예요. 아니, 그건 군사정권 때고 또 빈민가니까 그렇게 당했던 건데, 그런 말을 왜 하고 다니냐구요. 결국 위원장이 불러다 한마디했어요.

"한기씨, 왜 그런 얘기들을 하고 다니는 거예요? 다들 겁부터 먹잖아요?"

죄송하다면서도 중얼거렸어요.

"그게 우리 현실이에요. 절대로 못 이겨요. 우리 중에 누군가 죽거나 하기 전에는……"

싸우자는 건지 말자는 건지……

물론 결과적으로 보면 그가 옳긴 옳았죠. 설마 시민들이 다 보는 시내 한복판에서 불을 질러 죽일 줄 상상도 못했죠. 그렇지만, 그렇더라도, 그때는 그렇게 말하면 안 되는 거잖아요. 어떻게든 같이 방법을 찾아봐야 하는데, 미리 그런 것들을 시시콜콜 들춰대는 이유가 뭐냐구요.

살아보면요, 미리부터 뭐든 부정적으로 말하는 사람들이 있어요. 사람 맥빠지게시리. 그런 사람은 절대 친구로 둬선 안 돼요. 말이 씨가 된다는 말이 있잖아요. 그런 각도로만 세상을 보면 그런 각도로만 보이거든요.

걱정이라는 게요, 아무리 많이 걱정해도 결국 가장 잘되는 경우란 게 걱정한 일이 일어나지 않는 거에 지나지 않거든요. 아무리 잘돼도 현상유지가 전부예요. 하지만 긍정적으로, 희망적으로 생각하면 뭐든 하나는 나아질 수 있잖아요. 아무리 못해도 현상유지인 거죠. 이치가 그래요. 세상 이치가.

27. 두리식당 태호씨(39세)

위원장이 이상했어요. 제가 볼 땐 위원장 이충혁씨가 제일 문제였어요. 회원 중에 문제다 싶은 사람이 있으면 확실하게 제재를 가해야 하는데, 한기씨를 계속 싸고도는 거예요. 정말 수상하더라구요.

본래 그 사람 자랄 때 부모 속깨나 썩이고, 단란주점 하다 빚만 잔뜩 진 적도 있고, 여자 써서 윤락행위방지법 위반으로 집행유예 받기도 하고……

그러다 노점 여러 개 해서 다시 일어난 사람이에요. 복사본 DVD랑 CD가 한창 유행일 때, 그 사람도 불법 DVD랑 CD를 팔았어요.

어용 대책위 만들어서 우리 괴롭히던 사람들 있잖아요. 부동산 하는 학수씨, 일수꾼 춘기, 사창가 포주였던 무성 형, 그 사람들이 다 위원장이랑 잘 알아요. 같이 자랐으니까. 이방석씨라고 여기 구의원도 지낸 인간이 정비업체 실소유자인데, 구청장과 충청향우회 회장, 부회장으로 아주 막역한 사이예요. 그 사람도 알아요.

그런데도 위원장이 된 건 순전히 아버님 때문이에요. 위원장 아버님이 대책위원 중에 가장 연로하시고, 또 독실한 기독교 신자여서 임시 위원장으로 뽑혔거든요. 매일 새벽기도 다니시고, 아침 청소 한 다음에 자전거 타고 동네 한 바퀴 돌면서 이웃들에게 인사 건네고, 틈틈이 무릎 꿇고 성경책 필사하시고…… 그분이 단정한 자세로 앉아 정성을 들여 필사하는 모습을 보니까 나도 교회 나가고 싶어지더라구요.

한번은 내실에서 무릎 꿇고 계시길래 "아버님, 무릎 꿇고 뭐하시는 거예요?" 물으니까 성경 필사하시는 거래요. "왜 무릎을 꿇고 하세요?" 물으니까 "눈으로 읽으면 글자에 불과하지만, 마음에 새기면 행실이 된대. 우리 목사님이" 하고 웃으시더라구요. 그렇게 좋은 분이셨어요.

하지만 그래봐야 뭐해요. 조합장이 장로고, 교회도 조합 편이던데…… 아무튼 충혁씨가 위원장이 되자 회원들 다그치고, 전철연 쪽으로 자꾸만 밀어붙였어요.

어린 사람이 할머니들 화투 친다고 나무라고, 뒤에서 수군거린다고 나무라고, 사람이 좀 강팍해요. 좋게 말해 강팍하다는 거지, 사람이 좀 차갑고 버르장머리가 없어요. 전철연 가입 결정도 나기 전에 전철연 조끼를 입히질 않나, 방송차 구입해서 무슨 데모꾼들처럼 연대 데모를 하러 나가질 않나, 어르신들한테 함부로 짜증내질 않나.

제가 따졌죠.

"우리 문제인데 우리 스스로 해결해야지, 뭐하러 외부 세력에게 의존합니까?"

저도 들은 얘기가 있거든요. 한기씨 말에 따르면, 그때까지 제대로 보상을 받은 재개발 싸움은 전철연밖에 없는데, 그 보상이란 것도 온갖 고생 하고 마지막까지 남은 몇 명만 받았다는 거예요.

보상받는 방법이 그것밖에 없다지만, 아니, 천막이나 망루 만들어 몇 달씩, 몇 년씩 어떻게 싸웁니까?

결국 어떻게 됐어요? 제가 걱정한 대로 되지 않았습니까?

보상은 하나도 못 받고.

다 죽고.

28. 송일약국 한정호씨(49세)

저는 잘 몰라요. 진보당 대책위에서도, 전철연 대책위에서도 활동하지 않았거든요. 혹시나 싶어 회비는 냈지만……

일인시위 구호조차 정하기가 쉽지 않아요. "상가 세입자 대책을 마련하라!"라고 적으면, 철물점 정씨 아저씨 같은 분이 호소력이 너무 부족하다고 불만이에요. "죽을 수는 있어도, 물러설 수는 없다!"라는 문구를 제안하면, 여성 회원들이 다 살자고 하는 짓인데 불길하게 왜 죽음부터 얘기하냐 불만이고요. "세입자 죽이는 철거민 정책, 투쟁으로 박살 내자!"라고 하면 '투쟁' '박살' 같은 단어가 너무 살벌하대요. 시민들이 거부반응을 일으킬 거라고……

단체복을 맞출지 맞추면 어떻게 맞출지, 방송차를 구입할지 빌릴지, 규찰대에서 빠지면 어떤 벌칙을 줄지 하나하나 다 회의에 부쳐야 했어요. 회의에 부치면 그런 것까지 다 회의에 부칠 필요가 있냐고 반론하는 사람이 또 나와요.

운영위원끼리 알아서 정하자 그래요. 하지만 회의를 통해 의견 수렴하는 과정을 거쳐야 한다는 주장이 반드시 뒤따라요. 회의를 해야 말도 나누고 단합도 된다는 거예요. 다시 회의에 부치기로 해요.

그런데 장사 때문에 잠깐 나갔다 온 사람이 따져요. 아니, 운영위원끼리 알아서 정하자고 해놓고 왜 또 회의에 부치냐.

낙지집에 모여서 회의를 했는데, 뒷방에서 주무시는 분도 계세요. 지금 안 자두면 잘 시간이 없다면서. 화투 치거나 재수 떼기 하는 분들도 계셨는데요, 뭐. 안 하면 불안해서 아무것도 손에 안 잡힌다면서요.

위원장이 마음고생 좀 했죠. 툭하면 소화제 사가고, 두통약 사가고, 파스 사가고, 수면제 사가고……

한번은 용역들에게 두들겨맞고 입원까지 했던 걸로 알아요. 스무 바늘인가 꿰매기까지 했다고……

제가 안 받는다 해도 약값을 꼭 놓고 나가서, 도로 주머니에 넣어드리며 안아봤더니, 말라서 애들 몸무게처럼 가벼웠어요.

"위원장님, 맛있는 거 많이 좀 드세요. 이런 몸으로 어떻게 싸우시려고……" 하면서 웃던 게 어제 같은데……

29. 김밥집 황병관씨(40세)

의심스럽기로 치면 다 의심스럽지예. 똘똘 뭉쳐도 시원찮을 판에 뭉치기는커녕 방해만 될 때가 더 많았으니까예. 장사만 해온 분들이라 장사해온 자리를 벗어남 암것도 몰라예. 어떻게든 해야 하는 것만 알고 뭘 우예 해야 할지는 통 감이 읎어라.

다들 평소 알고 있던 모습이 아니드만!

정씨 아저씨나 한기씨, 중국집 김형은 사람은 좋은데 성질이 너무 불같고, 전골집 조형은 사태 파악은 잘하는데 몸을 억수로 사려예. 치킨집 석규씨는 사람은 좋은데 매사 태평하고, 두리식당 태호씨는 말만 번드르르하고……

그캐도 그렇지, 태호씨나 석규씨가 먼저 그래 배신해뿔 줄은, 참!

한번은예, 정씨 아저씨가 방송차 구입 의견을 냈지예. 저도 내고 싶던 의견이었는데, 다른 철거 지역을 보니까 다들 있는 기라예. 구청으로 시위 나갈 때 필요하고, 다른 철거 지역 도우러 갈 때도 필요하고……

그런데 태호씨가 따지데예.

"그게 꼭 필요한 건가요?"

언성을 높여 따지는 투라기보다 돌다리도 두드려보듯 차분하게 짚어보자는 표정으로,

"제가 구입을 반대하는 건 아니구요" 하면서예.

"그게 과연 지금 꼭 필요한 건가, 그리고 그걸 구입하면 우리에게 어떤 도움이 되는가, 또 구입한다면 어떤 차로 어떻게 구입할 것인가, 알고 싶어서 여쭤보는 겁니다."

하지만 이런 것까지 일일이 설명하고 있기가 어디 쉽나예. 다들 저녁시간 전에 들어가 손님 맞을 준비를 해야 한다 아입니까?

그래도 그렇지. 정씨 아저씨가 답변을 잘해야 하는데, "마, 자세한 건 나도 잘 모르겠고, 다른 지역 가보니까 다들 그거 한 대씩 갖고 있습디다!"

조목조목 설명을 못하는 거라예.

그라모 "다른 지역이 갖고 있다고 저희도 꼭 가져야 하는 건 아닌 거 같아요"라며 당연히 뒷동을 달지예.

"방송차를 구입하느냐 하지 않느냐는 어쩌면 중요한 문제가 아

닌지 몰라요. 저는 다만 우리가 어떤 결정을 내릴 때 임원들 마음대로 하거나 일방적으로 결정하고 따라와라 하는 게 아니라, 저희들에게 하나하나 설명을 해주고, 의견을 묻는 민주적 절차에 따라 결정해달라는 거예요. 만약 회원들과 소통을 하지 않고 임원들이 일방적으로 결정을 하면, 일방적으로 철거 정책을 밀어붙이는 저쪽 사람들과 별반 다를 게 없잖아요?"

여기저기 고개를 끄덕이지예.

"그려. 방송차를 구입할 거면 어째서 구입하겠다, 무엇에 쓰겠다, 왜 필요하다 하는 것쯤은 설명을 해줘야 우리도 반대를 하든가 찬성을 하든가 할 수 있지!"

"그깟 것 설명해주는 데 일 분도 안 걸리겠구먼!"

"기왕 할 거면 뭐든 투명하게 해야지!"

정씨 아저씨가 머쓱해져서 사람 좋아 보이는 웃음으로 대꾸했지예.

"데모를 하려면 그런 것도 한 대 있어야 때깔도 나고 폼도 나고 그러지!"

고마 한숨이 절로 나오데예!

두 사람 논쟁을 듣고 있으면 저조차 태호씨 말이 더 맞는 것처럼 들리는데 다른 회원들은 오죽하겠어예. 얼핏 보면 회의 진행을 그르치는 사람은 태호씨가 아니라 정씨 아저씨가 아닐까 싶지예.

한기씨가 조합 끄나풀이란 말이 있긴 있었어예. 실제로 용역들

만나 얘기 나누는 걸 봤다 카고, 당구장 사건도 그렇고. 그런데 그 제보가 가짜 제보일 수도 있지라.

하필 우리가 연대 나갔을 때 용역들이 당구장에 몰려왔지예. 용역들이 이삼백 명씩 몰려오면 철거민 힘만으로는 막는 게 불가능하지예. 그라서 다른 지역에다 도움을 청하지예. 앞서 품앗이처럼 연대를 나가둬야 우리가 아쉬울 때 도움을 청하지예. 그라면 그쪽에서 도와주러 와주니까예.

결국 그날은 남아 있던 한기씨 혼자 가서 그놈들을 상대했지예. 여남은 명의 용역들을 한기씨 혼자 물리쳤다는데, 그게 사실 불가능한 일이지라. 다들 의아하게 여겼지예.

하지만 좋은 뜻으로 함께하다가도 배신하고, 정보 캐러 왔다가도 용역들 하는 짓이 너무 어처구니없으니까 화가 나서 같이 싸우기도 하지예. 행동을 취할 때까지 아군인지 적군인지 자기 자신도 잘 몰라예.

한기씨가 정말 용역 편이면, 뭐하러 한기씨가 자기네 편인 걸 용역들이 그런 식으로 드러내려 하겠어예.

용역들이 왜 하필 연대 나갔을 때 쳐들어왔나 하는 점이 이상하긴 이상했지예. 하지만 그건 오히려 전철연 가입을 반대하는 사람들이 말해준 거 아닐까, 이래 의심할 수도 있지 않겠어예.

이래도 의심해보고 저래도 의심해보다 그만두었지예. 이래 의심하기 시작하믄 의심 안 가는 사람이 없는 기라예. 의심하는 사람이야말로 왜 의심하나 하고 의심하게 되니까.

안 그래예?

30. 빨래방 장광문씨(35세)

글쎄요. 내가 본 한기씨는 그렇게 순수한 사람이 아니에요. 아, 장사하는 사람이 어떻게 순수해요. 언제나 머릿속으로 자기도 모르게 손해보지 않으려고 계속 계산을 해야 하는 일인데……

용역 프락치라고 생각지도 않아요. 그런 짓 할 만큼 악질적인 사람은 아닌 거 같아요. 담배 한 개비를 피울 때도 빌려 피우기보다 자기가 직접 사갖고 오던데, 어쩔 수 없이 빌려 피우면 다음에 꼭 갚고……

그냥 재개발될 거 알면서 임대료 싸니까 들어왔다가 자기도 모르게 욕심을 부린 거라 생각해요. 조합이나 언론에서 저희를 돈 더 받아먹으려는 생떼거리 시위꾼으로 몰아갔잖아요. 바로 한기씨 같은 사람들 때문에 나머지 세입자들까지 다 욕을 먹은 거예요.

그러니까 그땐 몰랐는데, 저쪽에서 한기씨 같은 사람들에게 장사를 하게 한 다음 나머지 사람들까지 전부 그런 식으로 몰아간 게 아닐까. 건물주들이야 다 조합 쪽 사람들이니까, 이 사람들이 인가 날 때쯤 아주 싸게 가게를 내놓으면 순진한 사람들이 덥석

물 거 아니에요.

굳이 프락치를 따로 심을 필요도 없다니까요. 가게가 싸게 나오니까 무조건 계약부터 하고 보는 그런 순진한 사람들이 제 발로 찾아오게 되어 있는 거죠. 그다음 개발이 진행되면 자기도 투자한 게 있으니까 싸우게 되는 거고요.

근데 순진한 사람들일수록 더 싸우게 돼요. 욕심 많은 사람은 이 계산 저 계산 빠져나갈 궁리까지 해놓고 싸우는데, 순진한 사람은 무데뽀로 싸우잖아요. 그럴수록 저쪽에서는 외부인이 보상금을 노리고 들어와 시위한다는 식으로 모는 거죠. 조중동 같은 데서 딱딱 베껴써주니까.

한기씨 같은 사람이 시위를 하면 할수록 오히려 저쪽을 돕는 꼴이 되는 거예요. 이제까지 그런 식으로 보상을 따낸 세입자는 단 한 명도 없는데, 우리 국민들은 언론에서 그렇다면 그런 줄 아니까.

31. 대책위 부위원장 옥만규씨(45세)

소문이 무성했어요. 앞에서는 회의하는데 뒤에서는 수군거려요. 대책위 활동을 하면 이사비도 받지 못하고 쫓겨날 거라는 둥, 나중엔 전철연 회원 하나를 설득해 데려가면 오백만원씩 더 얹어

준다는 둥……

처음 들을 땐 말도 안 되는 말이라고 생각하지만, 말도 안 되는 짓들을 하는 놈들이니까 자꾸 들으면 그런가 싶어져요. 옆 사람과 소문 확인하느라 회의 진행이 어려울 정도였죠. 조합측과 개인 접촉을 삼가고, 관련 정보는 모두 공유해야 한다는 내규까지 정했지만 소용없었어요. 다들 겉으로는 걱정하는 것처럼 하지만 뒤에서는 다시 수군거려요.

"조합 쪽에서 상가 세입자를 위해 따로 보상금을 책정해뒀다는 소문이 돌던데, 그런 거 아직 믿으시면 안 돼요."

이렇게 말로는 조합을 비난하고 대책위를 걱정하죠. 하지만 소문이 아직 돌지도 않았는데, 그렇게 앞서 말하면 결국 소문만 더 돌잖아요. 아니면, "대책위 활동하는 사람부터 내쫓을 거라던데 그거 다 소문일 뿐이에요"라며 달래요. 하지만 듣는 사람은 겁을 먹게 되잖아요.

한번은 분식집 함씨 할머니가 제 손을 부여잡고 "아이구" 하면서 제 걱정을 해요.

"자네 어머니 잘 모시게. 한시도 눈을 떼면 안 돼. 자네도 혼자 다니지 말고……"

자상한 분이다보니 걱정되어 그러나보다 했어요. 제가 학교 다닐 때도, 지나가면 불러 난로의 군고구마도 주시고 손님들이 남긴 사이다도 주시고 하면서 부모님 말씀 잘 듣고 공부 열심히 해야 한다고 입버릇처럼 당부하시던 분이죠.

그런데 갑자기 소리를 낮추곤 "형사가 보자고 해도 절대 따라가면 안 돼야" 하시는 거예요.

"네?" 반문하니까 목소리를 바짝 낮춰요.

"우리 고향에서도 여럿 절단났어. 뱃사람 하나가 납북되는 바람에……"

사람들을 잡아가 죽도록 고문하고 간첩 딱지까지 붙여 죽을 때까지 사람들이 왕래를 끊었다는 거예요.

"그렇군요" 하고 물었죠. "그런데 왜, 그런 말씀을 저한테 하시는 거예요?"

한쪽 눈을 끔벅거리며 이르시는 거예요.

"전철연 하다 쥐도 새도 모르게 끌려가서 반병신 되어 나온 사람이 한둘이 아니랴."

할머니가 전철연 연대 집회에 꼭 가야 하냐고 묻자 그렇게 말해주더래요. 누구한테 들었냐니까 최씨 할머니한테 들었대요. 최씨 할머니는 화장품 가게 아주머니한테서 들었다 하고, 그분은 또 정씨 아저씨한테서 들었다 하고……

위원들이 두리식당에 모여 있길래 들어갔어요. 두어 잔 받은 다음 말했죠.

"사람들 겁먹으니까 이상한 얘기들 하지 마세요."

정씨 아저씨가 "내가 알아들을 만큼 설명을 해드렸는데, 못 알아들으시고 겁만 더 내더라고" 하더라구요.

"그러게 뭐하러 그런 말을 해요?"

퉁을 놓으니까 "뭐 내가 없는 말 했나?" 하면서 태호씨와 한기씨를 쳐다봐요.

"태호씨, 한기씨, 내가 틀린 말 한 거 아니잖아?"

한기씨는 이미 취했더라구요. 제가 다시 못을 박았죠.

"세입자 대책 얘기만 하면 되지, 뭐하러 국정원이니 간첩이니 하는 얘기까지 해요?"

그러자 한기씨가 취한 눈으로 저를 쳐다보더니, 너무 취해서 자기 몸도 제대로 못 가누는 사람처럼 머리로 제 어깨를 툭툭 쳐요. 응석을 부리는 것도 같고, 시비를 거는 것도 같고, 답답해 그러는 것도 같은 투로, "부위원장은 그게 다 서로 연결되어 있는 거 몰라요? 그놈들이 그놈들인 거 몰라요? 진짜 몰라요?" 머리를 헝클며 절레절레 고개를 젓더니 멈추고 저를 한참 노려봐요. 그러더니 끌끌 웃어요.

"좆같애. 정말 좆같애. 다 좆같애. 씨발 전부 다 좆같애……"

이번엔 또 큭큭 울어요.

"죽고 싶다. 그냥 죽고 싶다. 아, 제발 그냥 죽고 싶다……"

정씨 아저씨가 욱하고 언성을 높였어요.

"아, 죽긴 왜 죽어! 살려고 하는 건데, 죽어도 살아야지!"

그런데도 계속 훌쩍거렸어요.

"죽는 게 낫지" 하면서.

제 생각을 솔직히 말하라면 그때 우리가 처한 상황을 가장 정확히 본 건 바로 한기씨예요. 싸워보면 싸워볼수록 방법이 보이지 않았어요.

죽을 각오밖에는.

32. 철물점 정씨 아저씨(53세)

다혈질이야. 하지만 본성이 독한 사람은 아니야. 화날 때 화내고 말아. 나도 좀 그런 성격인데, 나보다 더해. 평소엔 순하게 잘 참다가도 화를 낼 때는 아니, 이게 저렇게까지 흥분할 일인가 싶게 화를 내. 그게 문제일 뿐, 그런 사람들이 대개 그렇듯이 뒤끝이 없어.

더없이 착해. 순둥이야.

잘 울고.

어느새 화가 다 풀린 얼굴로, 본래 화난 이유보다는 지나치게 화를 낸 자기 행동에 대해 겸연쩍어하는 표정을 짓는 친구야. 그래서 나랑 중국집이랑 셋이 의기투합할 때가 많았지. 전골집이나 치킨집이나 두리식당이나 부위원장이나 다들 우리를 마뜩잖게 여길 때가 많았지만 말이야.

그 사람들은 생각이 너무 많아. 머리를 너무 많이 써. 하지만 이게 몸으로 부대껴야지, 머리로 풀 수 있는 일이 아냐. 생각이 많을수록 괴롭기만 해. 길이 안 보이니까. 방법이 없으니까. 따져보면 따져볼수록 사실 길이 보이지 않으니까 포기할 가능성만 커져.

결국 중간에 다 가버렸잖아.

용역 새끼들이 인가 나기도 전부터 집집마다 찾아다니며 이주 상담 한답시고 이사를 종용하고 다녔어. 싸우고 욕하고 때려부수고 유릿조각으로 팔목 긋고…… 애들 있는 집은 다음날 바로 이사 나가.

한번은 우리가 막았지. 세입자 대책도 분명하게 제시하지 않은 상태에서 무슨 이사를 하라 말라 하고 다니냐니까, "너희는 뭔데?" 다짜고짜 멱살을 감아. "씨발" 하면서 팔을 꺾더라구. 꺾어도 아주 기술적으로 꺾어. 그대로 나동그라졌지. 당해낼 재간이 없어. 그래도 한기씨는 내 편이 돼서 덤비더라구.

"씨발, 다 나와!" 하면서.

나는 좀 싸우나보다 했어. 권투선수처럼 주먹을 쥐고 방방 뛰길래. 옴팡 얻어맞기만 했지.

그렇게 당하고 났는데 다들 우리한테 한다는 소리가,

"거기서 뭐하러 시비를 붙고 그래요? 개네들이 우리가 시비 붙기를 바라면서 그러고 다니는 건데? 아저씨는 지금 그 사람들이 원하는 대로 하고 계시는 거라구요!"라는 거야.

주민들도 나와서 "당신들 뭔데 남의 집 앞에서 싸움질이야?"

화를 냈어.

우리가 "죄송합니다" 사과를 드리곤, "이 사람들이 아무런 대책도 마련되지 않은 상태에서 세입자들을 내쫓고 있기 때문에……"

설명해도 짜증을 내.

"아, 필요 없으니까 다 나가요, 나가!"

그러니까 한기씨가 거기다 대고 또 버럭 언성을 높여.

"우리가 지금 누구 때문에 이러는 건데요?"

주민 하나가 기막혀하며 "누구 때문에 이러는 건데요?" 하고 물으니까, 한참 멍한 표정이더니 고개를 젓더라구.

"몰라요, 씨발. 나도 몰라. 당신들이 다 어떻게 되든 나도 몰라, 씨발!"

33. 금은방 김길호씨(54세)

우리를 뭉치게 해준 건 용역들이에요. 모르긴 몰라도 용역들 아니었으면 뿔뿔이 다 흩어졌을 겁니다.

하루는 갑자기 길을 막아요. 상가와 주택가 경계 골목에 일렬로 서서 아무도 못 가게 막아요. 꼬마들까지.

"왜 사람을 못 가게 하는 겁니까?"

행인들이 따져도 아무 대꾸도 하지 않습니다. 하지만 다가가면

여지없이 밀어내요.

상황을 모르는 아기 엄마가 남자들끼리 싸우는 거겠지 하고 판단했나봅니다. 저는 다만 지나가기만 하면 되는 행인이니까 얼른 지나갈게요, 하는 표시로 어깨를 옹송그리며 네다섯 살짜리 꼬마를 데리고 지나가려는데, 그마저 보내지 않았어요. 용역들은 길을 걸어도 일렬횡대로 걸어요. 혼자 갈 때도 거들먹거리며 길 한복판으로 걷구요. 그렇게 시킨 거 같아요.

하루는 승용차 운전자가 경적을 울렸는데, 용역 중 하나가 놀라 먹고 있던 하드를 떨어뜨렸어요. 그러자 나머지 용역들이 좋아라 웃어대고, 놀라 그러는 건지 놀림을 받아 그러는 건지, 아니면 단순히 떨어뜨린 하드가 아까워 그러는 건지 용역이 몹시 기분 나쁜 표정을 지어 보였습니다. 운전석을 향해 다가가더니 "형씨 때문에 내 아이스케키가 떨어졌어" 그러면서 후진하라고 손짓을 해요. 운전자가 당황한 표정으로 쳐다보자 다시 말해요.

"당신이 클랙슨을 너무 세게 누르는 바람에, 지금 놀라서 아이스케키가 떨어져버려가지고, 주워야 하니까, 좋은 말 할 때 돌아서 가라구."

기가 막힌 운전자가 허허 웃어넘기려 하자, "나는 지금 아이스케키가 떨어져서 아까워 죽겠는데, 웃어?" 시비를 걸어서 한기씨가 다가갔죠.

걔네들은 여러 명이고 우리는 두셋뿐이어서, 그럴 땐 먼저 비상 연락을 돌려야 하는데, 화가 나니까 곧바로 용역과 붙었습니다.

그때도 왕창 깨졌죠.

그런 친굽니다.

의협심 하나는 끝내줬어요.

다른 회원들은 왜 혼자 맞서냐고 나무랐지만, 그 친구는 아무렇지 않은 표정이었습니다. 오히려 내 손을 자기 가슴에 얹더니 물었어요.

"제 심장 뛰는 거 느껴지세요?"

34. 복어집 이양윤씨(사망자 안철우씨의 아내, 56세)

에휴.

생각도 하기 싫어.

하지만 생각 안 할 수가 없지.

지금도 그 양반이 꿈에 나와서 잠을 깊이 못 자.

이승이 편찮으면 저승도 편찮다더니, 꿈 없이 잠만 자고 싶은데 자면 끔찍한 악몽을 꾸고, 깨어 있으면 그때 일이 자꾸 생각나고……

내가 내 눈으로 생생하게 봤지. 보지 말았어야 하는데, 하필 상 치우다 창 너머로 빤히 보이길래 "아이구, 저걸 어째!" 하니까 그 양반이 나갔어.

우리 손님이 식사를 마치고 가는데, 용역들이 길을 막고 있으니까 경적을 울렸거든. 용역 하나가 놀라 먹고 있던 하드를 떨어뜨리자 나머지가 좋아라 웃어대고, 그러니까 용역이 기분 나쁜 표정으로 운전석을 향해 다가가더니 "내 아이스케키가 떨어졌어. 녹기 전에 주워야 하니까, 얼른 후진해서 돌아서 가" 하는 거야.

손님이 기가 막혀하며 허허 웃어넘기려 하자, 발로 차를 툭툭 차.

"웃어? 나는 지금 쪽팔려 죽겠는데, 웃어?"

우리 그 양반이 나가서 우리 가게 단골손님인데, 무슨 일이냐고 묻자 "아, 씨발!" 하고 인상을 쓰면서 짜증을 내.

"가게 손님이면 잘 좀 가르치든가!"

그이가 "미안합니다" 하고 사과했어. 하지만 더 짜증을 내.

"미안하면 다야? 하루이틀 장사하는 것도 아니면서 씨발……"

이거 사달이 나겠구나, 나가봐야겠구나 하는데도 무서워서 다리가 안 떨어져. 내 다리가 시멘트처럼 굳어서 떨어지질 않더라니까.

그때 한기씨가 살렸지.

혼자 싸우니까 싸우는 게 아니라 일방적으로 얻어맞는 거야.

하지만 아무리 얻어맞아도 다시 일어나. 웃으면서. 그렇게 다시 일어나봐야 더 맞기만 할 텐데…… 죽도록 얻어맞고도 웃으면서 일어나.

한기씨가 그러니까 용역들도 한기씨라면 겁을 먹고 슬슬 피했어. 내가 다 섬뜩하더라니까.

근데 사람이라는 게 참, 요즘은 이런 생각도 들어. 그때 한기씨가 나서지 않고 우리 그 양반이 그냥 얻어맞았더라면 어떻게 됐을까. 지금처럼은 안 되지 않았을까. 지금처럼만 아니면 어떻게든 좀 살 수 있을 거 같은데……

35. 헤어디자이너 혜나씨(25세)

정말 이상한 사람이에요. 어떤 연락이 와도 안 만나려고 했어요. 그 사람이랑 같이 있으면 나까지 돌아버릴 거 같아서요.

근데 죽겠다고 해서, 보고 싶어 죽겠다니까, 죽기 전에 딱 한 번만 보자 하니까, 하는 수 없이 다시 갔어요. 그래도 가지 말았어야 하는 건데……

처음엔 눈길도 안 줬어요. 제 스타일이 아니에요. 그런데 자꾸 쳐다보고 또 찾아오고 계속 잘해주고 하니까……

자기는 내 스타일 아니라고 해도 괜찮대요. 내가 자기가 좋아하는 스타일이라면서. 자기가 좋아하는 스타일을 만나고 싶은 사람이, 어떻게 자기 마음을 몰라주냐면서.

만약 내가 좋아하는 스타일을 만나면 저렇게까지 잘해줄까 싶을 만큼 잘해주니까 기분좋고, 어느 한쪽이라도 자기가 원하는 사람이면 되는 거 아닐까 싶어졌어요.

저랑 같이 있으면 더없이 행복해하고, 저랑 같이 있는 것만으로 더없이 행복해하는 사람을 보니까 저도 덩달아 기분좋아지고……

그래놓고 글쎄, 아무래도 자기 심장이 알바생을 사랑하는 거 같다는 거예요.

"누가 사랑한다구요?"

마치 다른 사람 얘기하듯 말해서 제가 되물었어요.

"윤희씨요. 알바생……"

"아니, 그 여자를 누가 사랑한다구요?"

"내 심장이요."

기가 막히더라구요.

"나를 사랑한다면서요?"

따지니까 자기도 그런 줄 알았다며 한숨을 내쉬더군요. 그리고 지금도 그렇다면서,

"저는 분명히 혜나씨가 좋아요. 혜나씨랑 연애하고 결혼도 하고 아이도 낳고 싶어요. 하지만 제 심장이 다르게 반응해요."

저랑 같이 있을 땐 뛰지 않는 심장이 알바생이랑 있으면 뛴다는 거예요. 가슴에 손을 얹어봤는데 정말 심장이 뛰지 않았어요. 연애할 때는 손만 잡고 있어도 심장이 쿵쿵 뛰잖아요. 하지만 잘 때도 잘 뛰지 않았어요. 땀도 흘리지 않았고요.

……

저 혼자 흥분하는 바람에 하고 나면 기분이 이상했어요. 그 사람이 하자고 졸라서 한 건데, 제가 억지로 하자고 한 것도 같고, 날 좋아하지 않는 사람한테 재미로 당한 것도 같고.

"정말 나 좋아하는 거 맞아?" 하고 물으니까 맞대요. "그런데 왜 흥분을 안 해?" 하니까, 흥분은 안 되지만 제가 좋아하는 거 보면 자기도 좋대요.

심장이 뛰어야 할 때 안 뛰고, 안 뛰어도 되는 때 뛰어요.

병원에도 가봤지만, 의사들도 설명을 못해요. 무슨 기능 부전군이거나 자극전도장애 같다며 정밀검사를 하자는데, 하려면 돈이 많이 든대서 그만뒀어요.

우리는 흥분하면 심장이 뛰잖아요. 화가 나거나 사랑하는 사람이랑 같이 있거나 달리기를 하거나 하면요.

그런데 그 사람은 전혀 달랐어요.

전혀 안 뛰다가 푹 자고 일어났더니 뛰거나 며칠을 뛰지 않다가 어떤 음악을 들으면 뛰는 거예요. 그러나 그때뿐, 그 음악을 찾아 다시 들어보면 이번에는 뛰지를 않아요. 이해가 안 되더라구요.

그런데 그 알바생이랑 같이 있으면 매번 뛴다는 거예요.

그러면서 괴로워해요. 그 여자랑 있으면 자기 심장이 뛰긴 하지만, 자기가 만나고 싶고 사랑하는 사람은 그 여자가 아니라 저라면서요. 자기도 어떻게 할 수 없다는데 어떡해요. 그 여자가 더 좋은가보다고 그 여자에게 가라고 했죠.

그런데 심장은 그 여자를 사랑하는 게 틀림없지만, 자기 마음은 그렇지 않다는 거예요. 저를 사랑한다는 거예요.

정말 미치겠더라구요. 아니, 그럼 말을 말든가. 그런 말은 왜 나한테 해가지고 나까지 헷갈리게 만드냐고, 제가 막 신경질 내며 울었어요. 그러니까 무슨 남자가 같이 울어요.

"내 심장이 내 심장 같지 않아. 기차 사고 뒤로 뭔가 잘못되었어."

그런데 그 알바생이 그만두고 연락도 하지 않는 거 같았어요. 전처럼 저한테 잘해주고, 그래서 다시 만났어요.

저한테 정말 잘해줬어요. 아침에 일어나자마자 문자 보내고 점심때도 보내고 자기 전에 통화하고. 제가 무심코 흘린 말도 챙겨서 듣고는 선물해주고.

이 남자가 나를 정말 좋아하는구나 싶었어요. 이 남자랑 헤어지면 이 남자만큼 나를 좋아해주는 사람을 또 만날 수 있을까. 이 남자랑 헤어지면 이 남자가 잘해준 그만큼 내 마음이 아프겠구나 싶었죠.

그래서 다시 만나긴 만났는데 아무래도 예전 같지 않더라구요. 그 사람 심장이 또 언제 어떤 여자 앞에서 뛸지 모르니까요. 차라리 다른 사람을 만나버릴까 싶더라구요. 그래서 오빠한테는 다른 사람 만나고 있다고 거짓말해버렸어요.

그런데도 헤어지고 싶지 않대요. 계속 만나자고 조르는 거예요. 다른 사람 만난다고 해도, 그러면 다른 사람 만나면서 자기도 만나달래요. 그냥 같이만 있어달래요.

그래서 또 만나긴 만났는데, 만나는 사람이 어떤 사람이냐고 자꾸 묻는 거예요. 없다고, 그냥 꾸며낸 거라 말해도 믿지를 않아요. 그 바람에 만날 때마다 싸웠어요.

저는 그 사람 심장이 언제 뛸지 모르니까 그 사람을 의심하고, 그 사람은 제가 다른 사람 만난다고 의심하고……

만나는 사람 없다고 해도 거짓말하지 말래요. 저는 저대로 짜증나서 쏘아붙였죠.

"그냥 오빠 심장 뛰게 만드는 여자 만나!"

그러면 화를 버럭 내요.

"내가 내 심장이 하자는 대로 하면 그게 나를 위한 거야? 그게 나를 위한 일이란 걸 네가 확실할 수 있어?"

"오빠는 너무 이상해. 그냥 좋으면 좋은 거고, 안 좋으면 안 좋은 건데……"

내가 한숨짓자 오빠도 한숨을 쉬더군요.

"세상이 그렇게 단순하면 아무 걱정도 않겠다."

36. 당구장 현미씨(52세)

지금도 생각하면 무서워 몸이 딱딱하게 굳어.

금은방은 귀가하다 당했어. 갑자기 구둣발에 쇠파이프로 두들겨맞았거든. 이대로 계속 맞다간 죽겠구나 싶어 입고 있던 옷을 다 벗어놓고서야 겨우 도망 나왔어.

위원장 어머님은 싸움 말리다 손자뻘 되는 새파란 애들한테 주먹으로 얻어맞고, 위원장 아버님은 플래카드 거는데 밑에서 바지 벗기고 속옷 벗기고, 아, 행인들이 다 보는 앞에서 거기를 붙잡고 잡아당겼어. 웃으면서.

아휴, 말도 못해. 또 심장이 뛰네. 내가 그때부터 심장이 지멋대로 뛰어. 병원 갔더니 부정맥이 생겼대.

그런 놈들이 우리 가게로 우르르 몰려들어오는 거야. 머릿속이 하얘지더라구. 대책위 위원들 모두 다른 지역 연대 나간 날이었거든. 그걸 알고 이놈들이 일부러 쳐들어왔구나, 무슨 사달이 나도 나겠구나 싶으니까 팔다리가 덜덜 떨려.

당구장 와서 당구 치겠다니 받지 않을 수 없지만, 눈빛이나 말투가 너무 사나워서 있던 손님들마저 다들 나갔어. 아무 짓도 하지 않아도, 무슨 일을 당할지 모르니까 겁을 먹고 나간 건데, 자기들 때문에 나간 줄 알면서 천연덕스럽게 걱정해.

"아따, 장사 정말 안 되는구먼. 이렇게 손님이 없어서 어떻게 가게를 유지한다요?"

내가 눈도 못 맞추고 웃어만 보이니까 "아줌마가 사람은 좋네. 울어도 모자랄 판에 웃어 보이고?"라는 거야.

그때 새로운 손님들이 들어왔다 용역들 보고 도로 나가려 하자 붙들어.

"아따, 들어왔으면 한번 치고 가셔야지, 그냥 가면 우리 아줌마 서운해서 쓰겄소?"

내가 손님 편에서 내보냈어.

"아니에요. 그냥 가셔도 돼요. 다음에 치고 싶으실 때 오세요."

용역들이 도리어 붙잡아.

"아놔, 기왕 오신 김에 한 게임씩들 하고 가소, 마!"

얼떨떨한 표정으로 손님들이 이러지도 못하고 저러지도 못하길래 내가 웃으며 "다음에 오세요!" 하고 밀어냈더니 도리어 화를 내.

"씨발, 왜 들어오는 손님을 돌려보내? 손님이 오면 손님을 받는 게 예의고 도리지!"

그때 한기씨가 들어왔어. 큐대를 다이에 내려치니까 두 동강이 나면서 작살처럼 날카롭게 쪼개지더라구. 그걸 양손에 잡더니 웃으며 뇌까렸어.

"어떤 대갈통부터 까줄까?"

진짜 멋있더라구. 하지만 팔뚝에 용 문신 그려진 뚱땡이가 쿳,

하고 코웃음쳐. 전혀 겁먹지 않은 기색이야.

"재밌냐?"

뚜벅뚜벅 다가가더니 한기씨 뺨을 툭툭 쳐.

"적당히 해주니까 재밌어?"

그러자 한기씨가 그대로 큐대를 내리꽂았어.

"아악!"

나도 모르게 비명을 질렀지. 얼마나 크게 질렀는지 용역들조차 내 비명소리에 놀라는 눈치더라고.

큐대가 꽂힌 한기씨 허벅지 위로 피가 흥건히 배어나왔어. 그런데도 용 문신이 웃으며 한기씨 어깨를 툭툭 쳐.

"아주머니 놀라시잖아. 살살 해, 새끼야. 살살."

그러고 그냥 가버리더라구. 달려가 나무랐지. 다시는 이런 짓 하지 말라고. 내 가게에서 이러는 거 원치 않는다고. 너무 무섭더라구.

37. 검도 부사범 조병훈씨(조뼁, 28세)

그 친구는 모르겠지만 그 친구가 내 덕을 좀 봤어요.

처음엔 어디서 분명 보긴 봤는데 싶어 생각해봤죠. 그치만 생각이 안 나요. "저 새끼 내가 아는 놈 같은데 생각이 안 나네" 하니까 떡대가 인상을 팍 긁어요. 쫓겨나고 싶냐구. 서로 입장만 곤란해지니까 알아도 알은척 말라는 거죠.

그래도 어디서 보긴 봤는데 하고 생각해봤더니 준이가 불러 공장 갔을 때 봤던 바로 그 친구예요.

"저 새끼 저거 머리 깨져 중환자실 갔던 그 새끼잖아요?"

내가 용팔이 형한테 물으니까, 어쩌라구? 하는 표정으로 나를 쳐다봐요.

식당 가서 맞부딪쳤을 때 바로 제 앞에 있길래 "오랜만이다?" 하니까 지도 나를 기억하는지 피식 웃어요.

사무실로 돌아왔는데 용팔이 형님이 부르더니 머리통을 톡톡 까요. 기분 나쁘게. 대련하면 내가 삼 초 안에 끝낼 수 있는데, 형님, 형님 해주니까 지가 진짜 형님인 줄 알아.

"알아? 니가 걔를 알아? 걔를 알아서 어쩔 건데?" 하면서 머리통을 까요. 그렇게 나를 때려놓고는, 다른 애들한테는 주의를 줬어요.

좆같은 새끼!

"야, 국숫집 사장이랑 조뼁이랑 잘 아는 사이라니까 봐가면서들 해."

떡대가 달래준다고 소주 까면서 말하더라고요.

"내가 뭐래. 알아도 알은척하지 말아야 한다니까. 그걸 왜 병신처럼 알은척해가지고는, 쯧쯧!"

"씨발, 내가 알은척하고 싶어 알은척했냐? 갑자기 생각나길래, 나도 모르게……"

더는 알은척 안 했죠. 다만 기회를 봐서, 용팔이 형님한테 언질을 넣었죠.

"형님, 오해십니다. 제가 아는 친구니까 잘 봐달라는 그런 뜻으로 말한 거 아니에요."

암튼 그 바람에 다들 그 친구한테는 대충 했어요. 다 내 덕분인 거죠. 뭐, 내가 아는 친구라고 해서 봐준 게 아니라, 우리처럼 궂은일 해서 돈 벌어 장사 시작한 사람이니까 봐주자 하는 그런 마음으로.

우리도 우리 같은 사람에겐 최소한의 인정이란 게 있거든요. 용팔이 형이 노린 건 호프집 이충혁이랑 중국집 사장 놈이에요. 이충혁이 위원장이고 중국집이 행동대장 격이니까.

떡대랑 곰탱이가 앞장섰는데, 걔네들이 그런 거 하나는 졸라 잘해요. 일단 손님처럼 들어가 종업원을 불러요. 그런 다음 "여기 서비스가 왜 이래?" 하면서 트집을 잡죠. 머리카락이 빠졌다느니, 바퀴벌레가 있다느니.

보통은 머리카락이나 바퀴벌레를 준비하는데, 그날은 그마저 귀찮으니까, 손가락으로 무언가를 집어드는 시늉만 하고 따졌어요. 종업원이 "네, 무슨 일이죠?" 물으니까 "이게 뭐냐구, 이게!" 하면서 손가락을 들어 보여요. 당황한 종업원이 사팔뜨기가 되어

"뭐가 말인가요?" 하고 물어요. "안주에서 이게 나왔잖아. 이게 안 보여?" 소리치니까 이충혁 위원장이 안 오고 위원장 아버지가 왔어요.

"죄송합니다. 왜 그러시는지요?"

할아버지가 물으니까 떡대가 다시 엄지와 검지로 뭔가를 집어 올리는 시늉을 하며 물어요.

"이게 뭐냐구요, 이게?"

떡대 손가락만 소시지처럼 탱탱할 뿐, 아무리 봐도 아무것도 묻어 있을 리 없잖아요.

"무슨…… 말씀인지요?"

할아버지가 눈을 깜박이자 떡대가 짜증을 냈어요.

"아, 이거 말이야, 이거! 아, 이게 사장님 눈에는 안 보인단 말야?"

하지만 아무것도 보이지 않을 수밖에 없지요. 떡대 자신이 생각해도 상황이 웃긴지 웃으면서, 웃지 않으려고 얼른 또 짜증을 냈어요.

"이 양반이 지금 개눈을 달고 다니나……"

개눈이라는 말에 할아버지가 쏘아보니까 곰탱이가 "야, 이 새끼야!" 하면서 떡대 뒤통수를 냅다 쳐요. 떡대도 놀랄 정도로 세게 치더니 나무랐죠.

"어르신한테 개눈이 뭐야, 개눈이?"

아무튼 이런 거 진짜 잘해요. 이쯤만 해도 손님들 절반은 눈치 까고 나가죠. 배우들도 걔들보다는 못했을 거예요. 마치 잘못하면 떨어뜨리기 쉬운 아주 작은 먼지나 눈썹 같은 걸 건네받을 때처럼 조심스럽게 떡대 손가락에서 뭔가를 건네받아 물어요.

"어르신 눈에는 이게 정말 안 보입니까?"

할아버지도 사팔뜨기 눈이 돼서 두 눈을 껌벅거리며 한참을 들여다봤어요. 다들 킬킬 웃고요. 그렇게 약을 올려야 위원장이 나오니까요. 그때쯤 손님들은 다 나가죠.

저는요, 그런 짓은 잘 못하겠더라구요. 제가 체대 나오고 운동도 좀 해서 그냥 몸 쓰는 건 하겠는데, 뭐랄까, 제가 봐도 좀 그래요. 연세 드신 평범한 할아버지 불러다 그러는 게, 우리도 다 부모님 계시고 친척 어르신들도 있고 한데…… 그래서 중간에 그만뒀어요.

못해먹겠더라구요.

아무리 돈도 돈이지만 나는 딱 여기까지다, 내 양심은 이 이상을 견디지 못하는구나, 싶었던 거죠. 우린 순수하게 운동하는 사람이니까.

제가 검도를 해서 그런지 단칼에 끊는 걸 잘해요. 담배나 게임 같은 거 하다가도 이건 아니다 싶어 딱 끊었어요. 일당 이삼십만 원도 더 받을 수 있지만 내가 더러워서 안 한다고 생각하니까 나 자신이 대견하게 여겨지는 거예요. 그뒤에 일어난 일 생각하면,

그때 그만두길 정말 잘했죠.

양심이란 게 이게 쓸모가 있더라구요.

38. 호프집 정영실씨(37세)

옆 반 동창 같은 느낌이었어요.

잘 아는 사이는 아니지만, 비슷한 시기에 개업을 했거든요. 같은 반인 적은 없지만 같은 학교 나온 친구랄까. 개업 떡도 나누고 홍보 전단지도 같은 데서 하고……

평소 모습이 그 사람 진짜 모습이잖아요.

어쩌다 들러보면, 늘 열심히 해요. 알바생이 십 분 늦으면 십 분 더 일하게 하지만 일찍 오면 정시까지 하지 말고 십 분 일찍 가도 된다고 말해준다든가. 지시나 잔소리 하기보다는 본인이 직접 하는 스타일이에요. 그래서 알바생도 열심히 하지 않을 수 없게 하는.

장사가 잘될 때도 휴지 한 장도 꼼꼼하게 아끼고 남은 국수로 식사하고…… 돈을 좋아하는 게 아니라 돈 버는 걸 좋아하는 사람이에요. 비슷해 보여도 전혀 다른 거라고 생각해요. 자긴 자기 할머니가 해준 국수가 제일 맛있다면서, 형편이 좋아지면 할머니 모시고 살고 싶대요.

한기씨에 대한 좋지 않은 말들이 있다길래 제가 충혁씨한테 말했어요. 우리가 믿어주면 우릴 배신하더라도 양심에 찔릴 거고, 우리가 믿어주지 않으면 그럴 생각이 없다가도 그럴 마음이 생기는 법이라고……

저희 시부모님이 여기서 갈빗집을 이십오 년째 해오셨어요.

충혁씨랑 데이트할 때면 분위기 좋은 데서 가볍게 한잔하고 싶은데 마땅한 데가 없길래 무심코 중얼거렸죠. "우리 여기다 카페 같은 거 하나 낼까?" 하고요.

그게 동기가 됐어요.

제가 모아둔 거랑 충혁씨가 노점 해서 번 돈이랑 융자도 받고요. 수리비용을 일억 정도 예상했는데 해보니까 이억오천이나 들었어요.

그래도 뭔가 의욕을 갖고 일할 때가 제일 좋은 거 같아요.

살아보면 뭔가 의욕을 갖고 시작할 때의 마음보다 더 큰 부자 마음은 없는 거 같아요. 욕심껏 힘내고, 고생인 줄 모르고 땀흘리고, 그때는 김치 하나만 놓고 먹어도 맛있고……

누가 시켜서 하는 게 아니라 우리가 하고 싶어 하는 거니까, 계속 생각하게 되는 거예요. 이제 이건 내 가게다, 라고 생각하니까 조금이라도 더 예쁘게 만들고 싶어 공용 화장실도 분리해 여자 화장실은 더 예쁘게 꾸미고, 음식 엘리베이터도 따로 만들고……

의자 색깔이든 방석 문양이든 마음에 안 들면 잠을 못 자요. 다시 가서 바꿔 오고, 마음에 드는 앞치마 무늬 찾아서 동대문 남대문 다 다니다 결국 저희가 직접 원단 주문해 만들었어요.

저희가 정성껏 수리하니까 지나가던 분들이 예쁘다고, "대체 뭐가 들어설까? 스파게티집인가?" 관심들을 보였어요.

시부모님은 옥탑방 만들어 올라가시고, 이층까지 새로 다 수리해서 그해 겨울에 오픈했어요. 장사가 정말 잘됐어요. 거의 매일 이층까지 차서 겨울에도 테라스에 야외용 탁자를 놓고 손님을 받았으니까요.

정신없이 바빴지만 입가에 웃음이 떠나지 않았죠. 노점에서 일할 때 행인들 보는 데서 먹기 그래서 식사를 제대로 못하곤 했는데, 이번에는 손님이 너무 몰려 못했어요.

하지만 주방에서 일하는 어머님이 초밥만하게 주먹밥을 만들어주면 충혁씨랑 저랑 틈나는 쪽에서 하나 더 가져와 손님들 몰래 입에 넣어주면 그게 그렇게 맛있어요. 짓궂은 손님들은 그게 뭐냐고, 안주로 주문할 테니 우리도 그거 좀 달라고 해서 웃었지요.

아버님 어머님이 무척 좋아하셨어요.

충혁씨가 원래는 DVD나 CD 복사해서 팔다 단속이 심해져 액세서리를 떼다 팔았는데, 자식이 그런 거 하니까 무척 불안해하셨어요. 그런데 자신들 눈앞에서 열심히 하니까 무척 좋아하셨지요. 아버님이 한번은 노래를 다 흥얼거리시더라구요. 어쩌다 일 년에 한두 번 기분이 아주 좋으면 맥주 한 잔 반주 삼아 하실 때는 있어도, 그 이상의 감정 표현은 잘 하지 않는 분인데, 씻고 나서 머리 말리실 때나 저녁상 차릴 때 찬송가 흥얼거리시는 걸 보고 저랑 충혁씨랑 몰래 눈 맞추며 웃었어요.

그 무렵 저희에게 걱정이라면 그런 걱정이 전부였어요. 별다른 걱정이 없어서 일부러 흉내내듯 해보는, 알고 보면 걱정이랄 것도 아닌 걱정 말이에요. 가령 아버님이 바깥 모임에서 맛있는 걸 드시면 반드시 포장을 해갖고 오세요. 그리고 그때마다 제게 먼저 권하니까 어머님이 눈을 흘기신다거나, 뭐든 요리를 하면 어머님은 우선 충혁씨한테 먼저 먹어보라고 권하니까 제가 서운하다고 투덜거린다거나.

하지만 정말 서운해서가 아니라 흉보면서 칭찬하는 거 있잖아요. "야, 너희 아버지 좀 봐라. 이때까지 평생을 뭐든 사오면 나한테 먼저 주시던 양반이 이제는 재한테 준다야" 하시면서 웃고, 저 역시 "어머님은 나한테는 먹어보라는 말도 안 하시더니, 자기는 먹기 싫다고 하는데도 먹어보라고 하시네?" 하며 웃었죠.

그 밖의 걱정이라면 장사가 너무 잘되는 바람에 쉴 수가 없단 거였어요. 저희가 한 달에 한 번만 쉬자고 말씀드려도 쉬면 그만큼 손님 주는 게 장사라면서 쉬지 않으셔요. 갈빗집 할 때도 명절조차 쉬지를 않으셨던 분들이거든요.

"두 분이 저렇게 살아오셨기 때문에 자기가 결국은 나쁜 길로 빠지지 않은 거구나 싶어."

충혁씨에게 말하곤 웃었지요. 그러면 "아니야" 하고 말해요.
"자기 만나서 사람 된 거야."
웃으며 받았죠.
"그 말 안 했으면 서운했을 거야."
하길 정말 잘했다고 생각했는데, 재개발이 떨어지자 가장 바보 같은 짓이 되어버렸어요.

처음에 저는 반대했어요. 너무 무섭더라구요.
충혁씨는 들어간 비용도 있고, 또 아버님한테만 맡겨둘 수도 없는 일이니까 떠맡지 않을 수 없었지만……
인가가 나고 이듬해 봄이 되자 마치 목련 피는 간격처럼 하나둘씩 공가가 생겼어요. 공가만으로도 보기 흉한데, 용역들이 담벼락이나 대문에다 붉은 페인트로 '철거'라고 휘갈겨쓰고 커다랗게 가위표를 칠해놔요. 새시와 유리창은 모조리 부숴놓고요. 특히 저희한테는 온갖 막말과 협박을 다 했어요.
"위원장 씨발놈아, 조심해라. 까불면 쥐도 새도 모르게 골로 가는 수가 있어!"
"이충혁, 너 이 새끼야. 조만간 모가지 따러 갈 거니까 잠잘 때 각방 써라. 니 모가지인 줄 알고 땄다가 네 마누라 모가지 따면 곤란하니까."
가게로도 찾아왔어요. 떡대라는 용역이 있는데, 맥주랑 안주를

시킨 다음 종업원을 불러요.

식겁했어요. 식겁하다는 말을 몰랐는데 그때 알았어요. 겁을 식사했다는 뜻이더라구요. 어머님이 요리하면서 가래침을 넣었거든요. 왜냐하면 불과 며칠 전에, 아버님이 플래카드 걸고 계신데, 사다리를 발로 차며 내려오라고 욕했어요. 행인들까지 다 보고 있는데, 아버님 바지를 잡아 내리더니, 글쎄, 행인들 다 보는 앞에서……

……

자기들도 부모님이 계실 텐데 어떻게 그럴 수 있는지……

글쎄, 자기들도 생각지 못한 재밌는 놀이를 발견한 표정으로 웃으면서…… 이래도 안 내려올래? 하면서.

그런 놈들이에요.

알바생한테 뭔가를 집어들고 따져요. 아무래도 알바생으로는 안 되겠다 싶어 저나 충혁씨가 나가려고 하니까 어머님이 말려요. 그래서 아버님이 나가셨죠. 하지만 있던 손님들마저 겁먹고 다 나갈 정도로 소리를 질러요.

"아, 이게 안 보인단 말야? 아, 이 양반이 지금 개눈을 달고 다니나……"

개눈이라는 말에 아버님이 쏘아보니까 곰탱이라는 용역이 "야, 이 새끼야!" 하면서 뒤통수를 때렸어요. "어르신한테 개눈이 뭐야, 개눈이?" 하면서요.

그러자 뒤에 있던 용역 하나가 "일 대 영!" 그러더라구요. 나머진 킥킥 웃고.

"어르신, 장사 그만두셔야겠네. 아, 그렇게 눈이 나빠서야 어떻게 장사를 해? 아니, 이 머리카락이 지금 안 보인단 말이야, 이 머리카락이?"

이번엔 떡대가 곰탱이 뒤통수를 때려요. 마치 아까 맞은 것에 복수하듯이 세게요. 나머지 용역들이 재밌어하며 킬킬대고, 그중 하나가 다시 외쳤어요.

"일 대 일!"

떡대가 "머리카락은 무슨 머리카락이 있다는 말야, 병신아?" 하며 자세히 들여다보는 시늉을 해요.

"곱슬곱슬한 게 내가 볼 땐, 머리카락이 아니라 거시기 털이구만, 거시기!"

다들 킬킬 웃어대자 우쭐대듯 이어요.

"그것도 흐물흐물하지 않고 빳빳하게 곱실거리는 걸 보니 우리 사장님 사타구니에서 나온 게 틀림없구먼!"

그러자 이번엔 곰탱이가 떡대 뒤통수를 갈기더니 아버님한테 사과를 해요.

"어르신, 죄송합니다!"

용역 하나가 "이 대 일!" 외쳤고요. 그러곤 뒤통수 맞은 데를 문지르고 있는 떡대에게 따져요.

"야, 씨발놈아. 이게 사장님 것인지 아니면 사모님 건지 니가 그걸 어떻게 알아?"

그런 다음 아버님한테 웃어 보이며 물어요.

"안 그렇습니까, 어르신?"

보다못해 충혁씨가 나가려고 하니까 어머님이 충혁씨를 붙잡아 말리시더니 직접 나가셨어요.

"아니, 이 사람들이 정말 보자 보자 하니까……"

평소 목소리가 작은 분인데, 쩌렁쩌렁한 소리로 삿대질했어요.

"나가요! 여기서 당장 나가!"

어머님 뺨이 바들바들 떨리더군요. 자식이 걱정되니까 그런 용기가 났겠죠.

"젠장, 손님한테 이래도 되는 겁니까?" 하는 소리가 들렸지만, "손님? 당신들이 무슨 손님이야? 당신네 같은 사람 같지 않은 인간들한테는 아무것도 주고 싶지 않으니까 어서들 나가요!" 하나도 무섭지 않은 표정으로 응대하셨어요. 그러나 바로 그것이 그들이 원한 일이죠. "이런 씨팔!" 하고 언성을 높여요.

"이런 좆같은 경우를 봤나? 거시기 털이 나와 따졌더니, 잘못했다고 사과는커녕 도리어 손님을 내쫓아?"

테이블을 걷어찼어요. 의자가 나뒹굴고, 술잔과 접시가 요란한 소리로 떨어져 박살나고……

경찰은 그러고 나서도 한참 뒤에야 왔어요. 언제나 세 번 네 번 신고해야 왔거든요. 그것도 112로 신고하고, 지구대로 신고하고, 경찰서로도 신고해야 겨우 한 번 출동했어요. 매번 그렇게 서너 곳으로 다 신고해야 했어요.

"아무것도 없는데, 이 사람들이……"

저희가 자초지종을 설명하니까 곰탱이가 여전히 우겨요.

"이것들이 완전 생사람 잡네? 맥주잔에서 머리카락이 나왔는데, 그게 아무것도 아니란 말야?"

그러자 떡대가 곰탱이 뒤통수를 갈겼어요.

"씨발놈아, 머리카락이 아니라 거시기 털이라니까!"

누군가 외쳤어요.

"이 대 이!"

스코어가 바뀔 때마다 선수들이 그렇게 하듯 하이파이브까지 해요. 미안한 기색도 두려워하는 기색도 없이 재미삼아 내기하는 애들 같아요. 저희가 경찰서 가서 고소까지 했지만 소용없어요. 집행유예 받고, 며칠 있다 다른 지역으로 가서 또 그런 짓들을 해요.

나중에 충혁씨가 C지구에 연대를 나갔는데 거기 와 있더래요.

"또 이런 짓 하는 거야?"

충혁씨가 말을 건네자 "오랜만이네요!" 하고 웃더래요.

"이제 이런 짓 그만할 줄 알았더니, 겨우 여기 와서 또 이러고 있어?"

나무라자 더 활짝 웃어요.

"아이쿠, 걱정해줘서 존나 고맙긴 한데, 형님 주제에 남 걱정할 형편이 아니지 않수?"

"너 때문에 아버지는 지금도 집에 들어오지 못하고 밖으로 도망 다니신다."

그놈 때문에 아버님한테 구속영장이 떨어졌거든요. 플래카드에서 떨어졌을 때 뒤엉켜 싸우면서 아버님이 떡대 어깨를 물었는데, 그걸로 맞고소를 한 거예요. 하지만 미안한 기색 하나 없이 웃으며 받아쳐요.

"다행이네. 노인네 거기 있어봐야 못 볼 꼴만 당하거나 다쳐서 병신 될 수도 있는데, 내 덕분에 피하고!"

충혁씨도 쓴웃음으로 받았어요.

"그런 선행까지 베풀어주고, 참 고맙다!"

"고마워할 것 없수. 형님 같은 인간들 덕분에 저 같은 인간도 이렇게 먹고사니 그 정도 배려는 해드려야지 않겠수?"

능청을 떨길래 충혁씨가 쏘아붙였대요.

"나도 네 미래를 위해서 너를 감옥에 보내야 하는데……"

하지만 한마디도 지지 않아요.

"이따가 제대로 한번 붙지, 뭐! 전치 두세 달짜리 진단서 만들어 나도 감옥 가고 형님도 감옥 가고 하면 되겠네?"

"감옥은 나 혼자만 들어가고 싶은데?"

"에이, 이거 왜 이러슈? 들어가려면, 형님이 아니라 내가 들어가야 맞는 거 아뇨?"

39. 휴학생 우종선씨(25세)

제겐 참 좋은 경험이었어요. 인간에 대해, 인간이 어떤 동물인지에 대해 제대로 배웠달까요.

일당 많이 준다고 해서 갔는데 못할 짓이에요. 뒤에 가만히 서 있기만 하면 된다고 해서 갔는데, 뒤에 서 있다보니까 보도 듣도 못한 게 보이기 시작하더라구요. 용팔이 아저씨가 우리 팀 대장인데, 뒤에서는 욕하면서도 막상 일할 땐 용팔이한테 잘 보이려고 다들 엄청 경쟁해요.

하지만 저한테는 어린놈이 뭐하러 들어왔냐고, 술 따라주며 나무라더라구요. 등록금 마련하려고 왔다니까 돌아갈 대학이 있다는 것만으로도 자신이 얼마나 행복한 사람인지 알아야 한다면서, 등록금 마련하면 미련 갖지 말고 나가래요. 누군가는 해야 하고, 자기는 이미 발을 들였으니까 할 수밖에 없지만, 못할 짓이라면서요. 술만 취하면, 그렇게 멀쩡한 사람처럼 충고해요.

하지만 술이 깨면 백팔십도 달라져요. 다른 사람이 그만 쉬고 싶다니까 엄청 화를 내요. 그런 정신으로 뭐할 거냐면서요. 그런

나약한 정신으로는 아무것도 못한다면서요. 그런 감상적인 태도가 오히려 일을 더 악화시킨대요. 참 희한한 사람이었어요. 취했을 때와 깨었을 때가 전혀 다른데, 취해서 하는 말이 더 맞는 말 같아 헷갈려요.

자신은 자나깨나 다만 우리에게 나눠줄 월급 걱정만 한대요. 이제까지 자기 팀이 언제나 가장 많은 금액을 배당받았다면서, 그 점에 대해 강한 자부심을 갖고 있었어요. 그래서 다들 대장을 잘 따랐구요.

똑같은 지역을 들어가도 한 달 하고 돈 천 받는 팀이 있는가 하면, 보름 만에 일억 받는 팀도 있대요. 그런 다음 제게 물었어요.

"네가 볼 때 우리는 한 달에 천 받는 팀일 거 같냐, 아니면 보름에 일억 받는 팀일 거 같냐?"

그래서 "글쎄요, 일억?" 하고 답하니까 "틀렸어, 인마!" 하면서 말해요.

"일주일에 일억이야. 우린 일주일에!"

그런 다음 아주 큰 소리로 웃어요. 참 호쾌한 사람이구나 싶게. 그 국숫집 사장도 자기 밑에서 돈 벌어 국숫집 차린 거라던데, 그건 진짜 뻥인 거 같지만……

"국숫집 차리면 뭐해요. 재개발로 쫓겨나는데……" 하고 제가 중얼거리니까 피식 웃어요.

"하나만 알고 둘은 모르는 새끼!" 하면서요. 생각하는 게 좀 달라요.

용팔이 아저씨랑 자주 통화하는 사람이 있어요. 한개남이라고. 이 사람은 늘 뒷짐지고 현장에서 멀찍이 떨어져 구경만 해요. 핸드폰이나 무전기 들고 입술 모양조차 잘 보이지 않을 만큼 조용히 통화만 하면서 왔다갔다할 뿐이에요. 하루는 그 사람이랑 통화하는 거 같더라구요.

"입건된 애들도 하나 없는 상탠데 삼사십 명 남았으면 이건 정말 잘하고 있는 겁니다."

딱 이 한마디만 들렸는데, 뭔가 대단한 비밀을 엿들은 기분이었어요. 그 일 하면서 듣도 보도 못한 막말과 소문들을 들었지만 저에게는 이 말이 가장 등골 서늘한 말이었어요.

용팔이라는 사람만 해도 현장에서 구체적으로 무슨 일이 일어났는지 신경 안 써요. 숫자랑 통계만 보는 거예요. 높은 데 있는 인간들은 그렇게만 세상을 보는 거 같아요.

제가 고등학교 졸업하고 결국 재수했거든요. 근데 복도 지나가다 교감선생이 통화하는 걸 들었어요.

"이건 경삽니다, 경사! 작년보다 서울대를 두 배나 더 갔으니까요."

작년에 한 명, 이번엔 두 명 합격한 건데……

뭔가 기형적인 계산법 같았는데, 여기서도 그러더라구요. 보상비보다 적게 들면 한두 명 감옥 가도 좋고, 아홉이 다쳐도 다른 데서 열 다치면 그만큼 잘한 일로 여기고.

그다음날로 그냥 나왔어요.

그냥 제 생각 갖고 살고 싶더라구요. 자기 생각이 제일 중요한 거잖아요. 거기 있으면 제 생각을 할 수 없겠더라구요.

40. 중국집 김명국씨(38세)

저도 의심했지예. 용역들이 한기씨는 봐주고 위원장 가게랑 저희 가게만 노렸으니까예. 몇 번이나 찾아와 시비를 걸었는지 몰라예. 아무때나 몰려오고, 잔뜩 시켰다가 취소하고, 주문 안 받으면 안 받는다고 시비 걸고, 오토바이 타이어 빵구 내놓고……

즈그들은 원래 한 놈만 노린다는 거라예. 즈그들 입으로 그라드만. 공평하게 괴롭히면 단합하니까 하나만 샘플로 노려서 조진다고. 세상이 얼마나 불공평한 곳인지 가르쳐주겠다며. 진실을 알아야 한다나 뭐라나. 그래야 정신을 차린다면서……

왜 하필 나냐고 하니까 재밌다는 거라예.

지가 흥분을 잘하니까 재밌어서 자기들도 모르게 자꾸 더 괴롭히고 싶다는 거라예. 제일 먼저 나가게 해주겠담서, 제일 먼저 나간 걸 고마워할 날이 있을 거람서.

그래, 이 씨발놈들아, 누가 이기나 해보자! 했지예.

규찰 돌 때, 용역들 숙소 앞으로 가서 쇠파이프로 바닥을 소리나게 끌거나 탕, 탕 때리는 기라. 잠 못 자게예. 용역들이 점심이나 저녁 손님들 올 때 골목 돌아다니며 하는 짓인 거라예.

대여섯 명씩 쇠파이프를 들고 시멘트 바닥을 소리나게 크릉 크르릉 끌거나 탕, 탕 박자를 맞춰 때리는 기라. 그라믄 서너 블록 떨어진 데 있는 길고양이까지 깜짝깜짝 놀라제. 무서버서 아무도 골목 안으로 못 들어오는 기라. 누가 들어오겠어예?

지가 한기씨랑 한밤중에 숙소 앞에 가서 그카니까 "야, 이 개새끼들아, 그만해!" 떡대가 창문 열고 고함을 치는 거라예. 신나서 더 했지예.

"우리가 지금 누구 때문에 이 시간에 잠도 못 자고 규찰 도는데, 너희만 편하게 자겠다는 거야, 개새끼들아?"

곰탱이도 빤스 바람으로 뛰쳐나오데예.

"야, 이 미친 새끼들아, 잠 좀 자자! 잠 좀!"

물러나면서 경고했지예.

"너희들이 낮에 하는 열 배로 갚아줄 테니 그런 줄 알아, 새끼들아!"

다음날 저희 가게 앞에 죽은 쥐를 갖다놔뿌데예. 저희 집사람이 무서버서 밖으로 나가지를 못해 친정으로 보냈지예. 둘째를 배가지고 지 교도소 있을 때 아를 낳았어예. 그란데 한기씨 가게는 멀쩡하드만.

그날 밤으로 우리가 용역 사무실에 탄을 던져 넣었어예. 음식 찌꺼기나 생선 내장 같은 걸 썩힐 대로 썩히지예. 그걸 비닐봉지나 달걀에 넣어 화염병처럼 던지는 기라. 냄새가 억수로 심하지예. 두세 개만 터져도 비염 앓는 사람도 머리 아프다고 할 정도로 지독하거든예. 왁스로 청소해도 일주일씩 한 달씩 냄새가 지워지질 않는 기라예.

결국 사무실을 옮기예. 그래서 거도 던져 넣으러 갔어예. 그란데 청소하는 척하며 기다렸나보드라고예. 음식 찌꺼기가 많아 언제나 길고양이들이 얼쩡대던 식당 골목인데, 안 보이니까 이상하긴 했어예.

수군거리는 소리가 들려 그대로 뒷걸음질쳤지만 이미 늦어뿌써예. "잡아!" 하는 소리와 함께 사방에서 튀어나오드라고. 마 쎄빠지게 도망쳤는데, 막다른 골목에 몰린 거라예.

"잘 걸렸다, 이 쥐새끼 같은 새끼!"

떡대가 쇠파이프 들고 다가와가 마 죽었다 싶었는데, 먼저 도망간 줄 알았던 한기씨가 앞을 가로막는 기라.

떡대가 "같이 뒈지고 싶나?" 하니까 한기씨가 탄을 터뜨리는 거라예. 그래싸트만 자기 몸에다 바르면서 소리치는 기라예.

"다 덤벼, 씨발놈들아!"

그래 시간 벌어서 겨우 빠져나왔지예.

41. 신진슈퍼 여인욱씨(47세)

약간 석연찮기는 했어요.

저희가 밤 규찰 다니며 집회 비용에 보태려고 폐품을 모았거든요. 공가에 들어가 폐지나 병이나 철근을 주웠어요. 특히 구리 보일러 관 같은 폐자재는 값이 꽤 많이 나가요. 그러다 용역들과 딱 마주쳤어요.

깜짝 놀랐죠. 손에 래커와 페인트 통이 들려 있는 걸로 보아 해골이나 철거 표시를 하러 다니는 거 같았어요. 용역들도 놀란 눈치였지만, 떡대가 나서더라구요.

"에이, 거지같은 새끼들. 그거 주워모아서 얼마나 한다고 그런 거 주우러 다니냐?"

위원장이 받아쳤어요.

"너희들이야말로 대체 얼마나 번다고 그 나이에 그런 음숭한 짓 하면서 산다냐?" 하니까 떡대가 지지 않고 의뭉스레 받아쳐요.

"씨발, 너희 같은 거지꼴로 살지 않으려고 우리가 이 나이에 이렇게 열심히 사는 거 아니냐?"

자기 대꾸가 마음에 드는지 말하고 나서 킬킬 웃기까지 하고.

"그림이나 좀 잘 그려라. 맞춤법이라도 좀 맞게 쓰고. 유치원생들도 니들보다는 잘 그리겠다!"

위원장이 지지 않고 대꾸하자 지들도 웃어요.

"오늘은 니 마누라 젖탱이를 그려놓을 테니 이따 와서 봐봐. 마누라 젖탱이가 맞나 안 맞나."

상종할 가치가 없어 그만 우린 우리대로 가던 길 가고 용역들은 용역들대로 가던 길을 갔어요. 근데 우리가 건물 안으로 들어가는 걸 보고 몰래 따라왔나봐요. 보일러를 뜯고 있는데 방문을 닫고 못질을 해버렸어요.

"야, 열어!"

당황해서 소리쳤죠.

"열어, 새끼들아!"

그럴수록 더 신나서 못질하더군요.

"맨날 투쟁하느라 힘들 텐데, 여기서 며칠 푹 쉬다 나와들!"

인사까지 하길래 "경찰 부르기 전에 얼른 열어!" 하고 소리쳐 봤지만, "불러봐" 여유만만이더군요. "그나저나 여기 주소는 아냐?" 하며, "주소 가르쳐드릴까?" 하고.

"너희들, 이거 감금 납치야. 우리가 정말 고소하면 너희 감옥 가. 그러니까 어서 열어!"

하니까 다들 웃어요.

"아이구, 무서워라. 그럼 경찰 오기 전에 얼른 여기서 나가야겠네."

"야, 정말 이렇게 치사하게 나올 거야?"

따졌지만, 떡대가 받아요.

"씨발, 치사하게 안 나가고 있는 게 누군데?"

말하다보니 화가 난다는 듯 언성을 높이더라구요.

"제발 나가란 말야! 전철연인지 미친년인지, 거지같은 짓들 그만하고!"

제가 말해줬죠.

"미친놈들, 너희들이야말로 우리 때문에 먹고사는 줄이나 알아! 우리가 이렇게라도 버티니까 너희 같은 인간쓰레기들을 돈 주고 고용하는 거야."

한기씨가 빠루로 창문 창살을 뜯고 있어서 시간을 끌어야 했거든요.

"아이쿠, 고맙다, 씨발 것들아. 기왕이면 한 십 년만 더 싸워줘라. 우리가 그때까지 괴롭혀줄게."

"너희들 대체 하루 일당이 얼마야? 얼마나 받길래 새파랗게 젊은 놈들이 이런 짓 하고 사는 거냐?"

"얼만지 알면, 아저씨가 짜장면 팔아 마련해줄 거야?"

그새 한기씨가 밖으로 나가 기회를 엿보다가 놈들이 부엌으로 들어간 틈에 부엌문을 잠가버렸죠. 졸지에 상황이 거꾸로 되어버린 거예요. 약이 올라 "착각하지 마라, 병신들아!" 하며 발악하더군요.

"너희들 내일 당장이라도 다 내쫓을 수도 있어. 하지만 너무 빨리 내쫓으면 우리 일이 없어지니까 그냥 두는 거야. 투쟁해서가 아니라 우리 일이 없어지니까 그냥 두는 거라구!"

그러면서 한기씨를 콕 집어 협박하더라구요.

"국숫집 너 이 새끼, 아는 얼굴이라 봐줬는데, 다음부터 내 눈에 띄면 죽을 줄 알아!"

무슨 소리냐고 물어보니까 예전에 같이 노가다를 뛴 적이 있대요. 그래서 약간 수상하다 싶긴 했어요. 그런데 정말 수상한 사이면 우리 앞에서 그런 식으로 말할 리 없잖아요.

42. C지구 부위원장 허선미씨(41세)

기억나요.

도와주러 온 건지, 망치러 온 건지.

투쟁하려고 온 건지, 싸우려고 온 건지, 망가지려고 온 건지.

철거 투쟁 다니면서 그런 사람 여럿 봤어요. 싸우다가 자기도 모르게 그전의 자기 모습을 다 잃는 거죠. 그전까지 알던 모든 상식이 여기서는 전혀 통하지 않거든요.

용역들 몰려오면 심장이 쿵쿵 뛰어요.

맨 앞은 그냥 있고, 뒤에서 손이 나와 안으로 끌고 가서 개 잡듯 밟고 패는데도 경찰은 구경만 해요. 자기들 임무는 말리는 게 아니라 처벌하는 거라며. 엄청 맞아서 갈비뼈가 두 대나 나갔지만, 진단서 한 번에 이삼십만원이고, 병원 갔다 경찰서 갔다 하는 동안 철거당하면 도루묵이니까 죽어도 천막에서 죽자 하고 퇴원했어요.

이런 꼴 서너 번 당하면 독만 남아요.

레미콘이 밤이나 새벽에 기습적으로 들어오니까 연대 나온 사람들이랑 교대로 밤새 지켜야 해요. 막진 못해요. 회사 쪽에서 용역 깡패 이삼백 명씩 불러 저희를 꼼짝 못하게 하고 차량을 들여보내요.

그래도 저희는 나가서 방해를 해야 해요. 용역들 때문에 실질적인 방해를 놓지는 못해도, 그렇게 하면 용역 비용이 적잖게 들잖아요. 용역 비용을 들여가며 공사를 하느니, 저희 요구를 들어주는 게 낫겠다 싶을 때에야 들어주기 때문에 계속해야 해요. 무슨 말인지 아시겠어요?

다른 건 아무것도 중요하지 않아요. 자기들 들어갈 비용보다 지체 비용이 더 들어갈 것 같을 때에만 요구를 들어줘요.

그러니까 죽어라 싸워야 해요.

한번은 구청 앞에서 항의 집회를 여는데, 경찰 버스가 와서 저희를 빙 둘러쌌어요. 집회신고를 하지 않으면 불법이라며 단속하고, 신고를 하면 집회를 보호한다면서 버스로 우리를 에워싸서 격리해버려요.

"어용 경찰 물러가라!"

"너희가 시공사 똥개지, 무슨 국민을 위한 경찰이냐?"

항의해보지만, 항의하다보면 화만 더 나요. 그러다보면 더 세게 몸싸움도 하지만 소용없어요. 흥분하면 지는 거라는 말도 있잖아요. 저들이 원하는 게 바로 그런 반응이니까요. 흥분하지 말라고 집회 때마다 회원들에게 당부해요. 정작 저 자신은 화가 나서 울 때도 많지만……

그런데 그날은 그 사람이 자해를 했어요. 병을 깨서 가슴을 그었어요. 난리가 났죠. 술 취해서 난동 피운 걸로 뉴스에까지 나고…… 언론은 신나서 대서특필하고……

43. 분식집 함씨 할머니 손자 윤진석씨(23세)

할머니 대신 나갔어요. 연대 안 나가면 벌금 물어야 하거든요. 사실 벌금 얼마 안 하는데 할머니가 벌금 걱정하며 자꾸 저라도 나가길 바라는 눈치였어요. 눈치 보이고 미안하니까. 저희만 보상금 적게 나올까 걱정도 되시고.

나가보니까 한 사람이라도 더 나가긴 해야 해요. 사람들이 많아야 용역들이 함부로 못하니까요. 철거 집회에는 사람들이 많이 나와야 시공사가 싫어해요. 숫자가 많다는 건 그만큼 싸움이 길어진다는 의미이고, 그만큼 비용도 많이 든다는 거니까. 아무튼 연세도 있고 해서 제가 대신 나갔어요.

물론 이런 말은 다 핑계고, 저는 할머니가 그만하셨으면 했어요. 나가보니까 정말 무섭더라구요. 뉴스로 보던 것과는 딴판이에요. 용역들은 마구잡이로 파이프 휘두르고, 안 보이는 데선 경찰까지 군홧발로 우릴 짓밟고. 그래서 거칠게 항의해보지만, 그러면 또 여론만 나빠져요.

집회가 격렬해져 몸싸움까지 간다 싶으면, 그때부터 제게 맡겨진 임무는 한기 형부터 챙기는 거였어요. 그렇잖아도 고소당한 상태여서 또 걸리면 구속당할 수도 있는데, 흥분하면 참지를 않아요. 자꾸 맨 앞으로 나가서 싸우려고만 해요. 집회를 마치고 돌아가는 승합차 안에서 "형, 제발 성질 좀 죽여" 제가 농담삼아 턱을 만지며 말했어요.

"경찰한테 맞은 것보다 형 팔뚝에 맞아서 아파 죽겠잖아?"

말수 적은 복어집 사장님까지 웃으며 보탰어요.

"난 요즘 집회 나가면 용역이나 경찰이 된 거 같아. 내가 맡아 하는 일이 한기씨 꼼짝 못하게 하는 거여서."

하지만 여전히 분노가 가라앉지 않는지, 한기 형은 "아니, 우리가 시민들에게 알리려고 집회를 여는 건데, 집회를 보호한다는 핑계로 버스로 에워싸는 게 말이 돼요?" 어두워 자기 얼굴밖에 보이지 않는 차창 밖을 멀뚱히 내다보다 말고, 누구에게랄 것 없이 불퉁거렸어요.

"그러면서 그 새끼들이 용역들이랑 히죽히죽 웃고 있는데 열이 안 받게 생겼냐구요, 씨발!"

복어집 사장님이 한기 형 한쪽 손을 잡아주고, "한기씨 마음은 알지만" 하고 볼트 공장 박사장님이 반대쪽 손을 잡아 달랬어요.

"그러다 채증이라도 당하면, 지난번 싸움까지 합쳐서 구속이라도 당하면 어쩌려고?"

하지만 한기 형이 상관없다며 뻗댔어요.

"구속당한다고 지금보다 더 나빠질 것도 없어요."

당구장 현미 이모가 달랬어요.

"한기씨, 그렇게 생각하면 안 되지. 우리가 다 먹고살려고 이러는 건데, 한기씨가 감옥을 왜 가?"

액세서리점 아주머니까지 나섰지요.

"아니, 애인은 소개받고 들어가든가 해야지?"

중국집 아저씨도 거들었어요.

"지금도 남자 동지들이 모자라 죽겠는데, 너까지 들어가면 우리 싸움은 어쩌구?"

철물점 정씨 아저씨만 "어쩌면" 하고 한숨을 내쉬었어요.

"구치소 들어가 있는 게 더 마음 편할지도 모르지. 이 지랄 맞은 싸움이 언제 끝날지도 모르고……"

액세서리점 아주머니가 옆구리 치며 그런 소리 말라는 눈짓을 주고 나서 농담했어요.

"아니, 그나저나 감옥 갈 남자를 누구한테 소개시켜주나?" 하니까 현미 이모가 보태요.

"소개부터 시켜주세요. 그러면 자연스럽게 성질이 죽을 거야."

박사장님이 "맞아, 맞아" 동조하자 현미 이모가 더 보탰어요.

"애인이 생겼는데 감옥 가고 싶겠어? 자기가 알아서 성질 다 죽이지."

박사장님이 "모두 알고 있는 사실이지만" 하고 다시금 주의를 주었어요.

"우리가 열 시간을 당하다가 십 분만 참지 못해도 결국은 폭력집회로 보도가 돼."

정씨 아저씨가 "니미" 하고 투덜거렸어요.

"우린 국민이 아니야. 난민이지."

44. 족발집 김차영씨(49세)

좀 이상한 친구긴 했어요.

자기 심장은 다른 여느 사람들과는 다르게 뛴대요.

아주 가끔 타격이란 걸 가요. 시공사 공기에 차질을 주거나 분양을 미뤄야 할 만큼 치명적인 손실을 입히려는 목적으로, 공사장 펜스를 넘어 모델 하우스에 들어가요. 래커로 구호를 적어놓거나 새총을 쏘기도 하고 탄을 던져 넣기도 해요. 명백한 위법행위다보니 전철연에서조차 허락하지 않지만 다급한 지역에서는 자기들끼리 몰래 나가요.

며칠 동안 미리 답사해서 CCTV 위치도 확인하고 도주로도 확보해놓고, 필요하면 자동차 번호판까지 가리고, 추적당할까봐 핸드폰도 모두 두고 가요. 그러면 출발 전부터 가슴이 쿵쿵 뛰잖아요. 그런데 한기 그 친구는 전혀 뛰지를 않아요.

현장에 도착하면 가장 깊이 침투하고 제일 늦게 돌아와요. 래커로 낙서를 할 때는 필요한 구호만, 가령 "○○건설은 철거민 문제 해결하라!" 이렇게 적기만 하면 되는데, 토끼나 꽃이나 새 같은 그림들을 그려넣고요. 그림도 잘 못 그려서 토끼는 꽃 같고 꽃은 새 같아 보이는데도, 그러다 잡히면 나머지 모두 위험해지는데도 그런 장난을 쳤어요.

위원장이 화를 내도 그랬어요. 그래서 데려가지 않으려 했지만 한기 그 친구가 계란도 제일 잘 던지고 무엇보다 새총을 제일 잘 쐈어요. 한기가 계란 한두 개만 던져도 신축 건물이 치명적인 흉상으로 변해요. 특히 재는 이런 일 하려고 태어난 사람이 아닐까 싶을 만큼 새총을 잘 쐈어요. 이십여 미터 밖에서 CCTV를 맞혀 박살을 낼 정도니까.

이것만큼은 다른 누구보다도 내가 정말 잘하는구나 하고 자기도 놀랐대요. 단번에 표적을 맞혀 모두 탄복하자 좋아하기보다는 "씨팔" 하고 투덜거렸어요.

"나한테 화적떼나 빨치산 피가 흐르는 거 아닌가 몰라."

한번은 용역들한테 쫓긴 적이 있어요. 줄행랑을 놨죠. 열 블록 정도는 족히 뛰었을 거예요. 뿔뿔이 흩어져 한 삼십 분 정도 죽어라 도망쳤으니까요.

한기는 저와 같은 방향으로 도망쳤어요. 나중엔 숨이 턱까지 차올라 눈물까지 찔끔대며 토하고 싶을 만큼 헉헉거릴 정도였는데, 그때도 그 친구는 심장이 뛰지 않아요.

심장이 없거나 전혀 안 뛰는 건 아니고 전혀 다른 순간에 뛴대요. 탄이나 새총으로 타깃을 정확히 맞히면 뛰어요. 토끼나 꽃 같은 걸 그려넣는 짓 같은, 애들 같은 장난을 쳐도 뛰고요.

45. 액세서리점 이자연씨(51세)

안 나갔어. 무서워서 못 나갔어. 벌금을 내면 냈지 무서워 못 나가겠더라고.

자꾸 가게 와서 행패를 부리길래 어떻게 좀 해달라고 했더니, 철물점 정씨 아저씨가 전철연 조끼 입고 집회 나오래. 빨간 전철연 조끼 입고 있으면 걔들이 함부로 못한다면서. 겁나서 못하겠다고 하니까 "일단 나와보세요" 무슨 가벼운 모임 권하듯 웃으며 권해.

"그러면 그렇게 겁낼 필요가 없단 걸 알게 돼요. 자꾸 안 하니까 겁부터 먹게 되는 거예요!"

세탁소 은지씨도 처음만 무섭대. 평소 은지씨 신랑은 바깥으로 돌고 은지씨만 일해서 사장과 종업원 관곈 줄 알았어. 사람들이 동정하다가도 저렇게 순하기만 하니까 신랑이 저러지 하고 혀를 찰 만큼 순둥인데, 이젠 집회 나가 싸워야 후련하대.

결국 나가보긴 했는데, 안 무섭기는커녕 너무 무서워서 맨 뒤에 숨어 있다 왔어. 찌갯집 최씨 할머니 넘어지고, 당구장 현미씨 구둣발에 밟히고.

그래도 그렇지 전철연 사무실로 돌아오자 정씨 아저씨가 최씨 할머니에게 청심환을 챙겨드려. 할머니가 이미 드셨다는데도 "그래도 하나 더 드세요" 하고 권해.

"하나만 먹고 자면 자다가 놀라 깨더라구요."

"아니, 저놈들이 저렇게까지 하는데도 경찰은 어째 잡아가지를 않아?" 내가 탄식하니까 그 와중에 현미씨가 농담까지 해.

"사 주 진단은 나와야 해요. 그러니까 다음에 얻어맞게 되면 이것보다 훨씬 세게 얻어맞으셔야 돼요. 아셨죠?"

내가 위원장을 불러 나도 청심환 좀 하나 더 달라고 했지. 그러자 정씨 아저씨가 퉁을 줘.

"아주머니는 하나만 드셔도 돼요. 겨우 욕 한두 마디 듣고, 뭘 그리 엄살이에요?"

내가 눈을 흘겨 나무랐지.

"아이고, 아저씨, 왜 이래요? 섭섭하게. 그깟 청심환 얼마나 한다고?"

그런데도 건네주지 않고 자랑만 해.

"이게 말요. 내가 중국 갔을 때 거금 이백만원이나 들여서 사온, 진짜 사향이 들어간 오리지널 청심환이란 말요."

그때 한기씨가 그걸 뺏어 내게 건네줬어. 내가 중국산 갖고 뭘 그러냐며 얼른 삼키자 정씨 아저씨가 놀렸어.

"중국산은 못 믿는다면서 어떻게 그렇게 빨리 삼킨대?"

"아, 몰라! 전철연 조끼 입으면 안 건드린다고 해서 입었더니 안 건드리긴 뭘 안 건드려? 빌어먹을 년이니 뭐니 하면서 더 욕하고……"

따지는데 막 눈물이 나는 거야. 다들 그 정도는 당한 것도 아니라지만 나는 그런 쌍스러운 말은 그때까지 들어본 적이 없어. 내가 어릴 때 그렇게 공부 안 하고 하지 말라는 짓은 다 하고 다녔어도 우리 아빠는 나한테 '자식'이나 '년' 같은 말도 쓰지 않았거든. 내가 진짜 곱게만 자랐지. 그래서 아무도 나한테 함부로 못했어.

아, 우리 한기씨 얘기하는 거였지.

한기씨가 그렇게 청심환도 챙겨주고 벗어 내던진 조끼도 주워 털어주고 해서 내가 예쁜 애인 소개시켜주겠다고 했어. 정말 그러려는 것보다 재밌자고. 한기씨도 나 보면 잊지 않고 웃으며 물었어.

"언제 소개시켜주실 거예요?"

그래서 정말 누굴 소개시켜줄까 하는 생각도 해봤어. 우리 가게 단골손님 중에 한기씨 또래 아가씨들 많으니까. 근데 싸우는 거 보면 너무 무서워. 아이고, 함부로 소개시켜줬다간 큰일나겠다 싶더라고. 그래서 둘러댔지.

"기다려봐. 진짜 이쁜 아가씨 골라서 소개시켜줄 테니까!"

하지만 내가 본래 실없는 소리 하고 다니는 사람은 아니야. 연대 가서 보니까 한두 가구만 남아서 싸워. 아니, 이렇게 죽자사자 싸워도 겨우 한두 집 보상받는 싸움을, 우리가 왜 해야 하는 거야 싶더라구.

"겨우 한두 가구만 남아 합의받는 게 무슨 합의야?"

조직국장 듣는 자리에서 내가 따졌어. 한기 그 친구가 나를 보며 눈을 찡긋해주고, 정씨 아저씨도 딴 데 보며 빙그레 웃고…… 그렇게 무섭게 싸워서 겨우 한둘 구제받는 거면, 당장 우리 앞날이 너무 암울하잖아?

망루도 내가 그렇게 해서 빨리 올라간 거야.

그게 다 순서가 있어. 망루를 올리려면 다른 지역 도움이 필요하니까 오래 싸우고 연대 많이 할수록 우선권이 있거든. 그것들이 그렇게 빨리 들이닥치지만 않았어도……

46. 세탁소 김은지씨(37세)

이상하게 한기씨가 싫었어요.

저는 처음부터 그분한테는 믿음이 안 갔어요.

젊어서 그렇다지만, 전 술 좋아하고 함부로 폭력 쓰는 남자들 보면 마음이 딱 닫혀요. 어릴 때 아버지가 좀 그랬거든요. 술만 드시면 살림 부수고, 엄마 때리고……

처음 연대 나갔는데 심장이 벌렁벌렁해서, 도저히 못하겠어서 죄송하다고, 제가 심장병이 있는데 오늘은 상태가 너무 안 좋다고 거짓말하고 돌아왔어요. 심장병이 있는 건 아닌데, 어쨌든 심장이 너무 벌렁벌렁하니까 아주 거짓말은 아닌데, 기분이 영 안 좋았어요.

그런데 용역 하나가 바지를 맡겨놓고 그냥 가는 거예요. "저기요" 하고 불렀죠. "오천원인데요" 하니까 "아, 씨발, 누가 안 준대?" 하고 눈을 부라리길래, 저도 모르게 "아, 아니에요, 괜찮아요. 죄송합니다" 얼른 사과했어요.

근데 그날 밤 잠이 안 오는 거예요. 억울해서. 그 사람이 나가면서 "아, 씨발, 오천원 갖고 사람 쪽팔리게"라고 중얼거리던 말이 계속 맴돌았어요. 체한 것처럼 속이 답답하고.

D지구에 연대를 갔어요.

모녀만 남아 이 년 넘게 천막 싸움을 하고 있는 곳인데, 씻으려면 세 구역 건너에 있는 교회로 가서 씻고 온대요. 준비해간 생수며 김치, 멸치볶음 같은 반찬을 건네며 힘내라고 인사했지만, 속으로는 어떻게 이렇게 이삼 년을 견디나 싶었어요. 우리도 결국은 이렇게 되는 거 아닐까 두렵기도 하구요.

그런데 생수통을 건네주자 초등학생으로 보이는 딸아이가 그 위로 다리를 뻗으며 웃어요.

"다리 올려놓을 수 있어서 좋다!"

그 말, 그 표정을 잊지 못하겠더라구요. 좋다니, 근데 정말 좋아서 짓는 표정이었어요. 제 엄마를 닮은 거 같았어요. 아주머니가 아주 밝고 씩씩했거든요.

남편은 구속당한 상태였어요. 집시법 위반에 일반교통방해죄에 공무집행방해죄 등등 해서 남편 구속만 여섯번짼지 일곱번짼지, 이제는 자기도 헷갈린다며 웃어요. 처음 경찰서 갈 땐 하늘이 다 무너지는 것 같았는데, 이제는 반대래요.

"그렇잖아도 여기가 너무 좁고 불편한데, 그렇게라도 구치소 가 있으면 서로 좀 나아요."

그러자 호프집 영실씨가 위로 삼아 웃으며 맞장구쳤어요.

"맞아요. 벌금보다 차라리 구속이 나아요. 들어가 있는 동안 쉴 수나 있지."

아주머니가 웃으며 보태요.

"우리 신랑도 그래요. 다음엔 교대로 들어갔다 오자고."

액세서리점 아주머니가 보탰어요.

"아이구, 우리 신랑보다 백 배는 낫네. 우리 신랑 같으면 혼자만 들어가 있으려고 할 텐데."

정씨 아저씨가 "요즘 같은 시대에 그러면 안 되지!" 하고 거들자, 생수통 위로 발을 뻗고 누워 있는 딸아이를 보며 웃어요.

"하지만 들어가고 싶어도 애 때문에 못 들어가요."

위원장이 "아이를 봐서라도 이겨야죠" 격려한 다음 아이 머리를 쓰다듬으며 칭찬했어요.

"네가 벌써 효도를 하는구나."

그러자 아이가 또 환하게 웃어요. 이런 상황에서 어떻게 저렇게 웃을 수 있을까 싶게 환하게요. 저는 그런 모습이 좋아요. 그렇게 건강하고 환한 모습이요.

그래서 다시 나가기 시작했어요. 구호 외칠 때도 아주 세게 외쳤어요. 마치 운동회 하듯이요. 초등학교 운동회 때, 우리 엄마가 오면, 우리 엄마 맞나? 싶을 만큼 아주 신나게 외치고 웃으셨는데……

저도 엄마같이 있는 힘을 다해 외쳤어요. 속이 좀 뚫리는 거 같더라구요. 한번 그러고 나니까 실컷 소리지르고 싸우고 나야 속이 후련해요.

하지만 한기씨는 좀 달랐어요. 속이 후련하게 싸우는 게 아니라,

자해를 하는 사람 같달까. 아니면 깽판을 놓으려는 사람 같달까.

그런데 그 아이가 한기씨를 제일 잘 따랐어요. 같이 놀아줘서 그러나보다 했는데, 알고 보니까 매주 찾아갔었나봐요. 아이가 자전거 배우고 싶다고 하니까 중고 자전거 고쳐서 자전거 타는 법도 직접 가르쳐주고. 그런 모습 보면 누구나 그렇긴 하지만 양면성이 있는 거 같아요. 그래도 가까이하고 싶지는 않더라구요.

47. 대책위 위원장 이충혁씨(36세)

모르겠어요.

세입자 같기도 하고 끄나풀 같기도 하고.

한때는 저쪽 끄나풀이었지만, 나중엔 그랬던 자신을 누구보다 증오하는 것 같기도 했어요. 현실에 절망하는 것도 같고, 그냥 절망하는 척만 하는 것 같기도 하고……

아마 한기 자신도 몰랐을 거예요. 사람 마음이란 게 자신조차 알 수 없을 때가 많잖아요. 저 자신도 아침엔 그만두려다 저녁 되면 다시 싸우고, 밤 되면 다 집어치우고 싶다가 다음날 다시 싸우고 하는 식이었으니까.

일흔 넘은 할머니를 주먹으로 인정사정없이 때리는 그런 용역들 행패만 아니면 다 포기했을 텐데…… 너무 열받게 하니까 싸우고, 다시 앞장서게 되고……

처음엔 정당한 보상비 받으려고 싸우지만, 나중엔 화가 나서 싸우고, 끝내는 억울해서 싸울 수밖에 없어요. 그러면서 우리나라가 어떤 나라인지 눈을 떠요. 엉터리 언론과 엉터리 경찰, 엉터리 정치인과 재벌들에 대해.

자기도 모르게 투사가 되어버려요. 모르면 더 좋을, 더 편한 사실을 알게 돼요. 저희 어머니가 참사 나고 나서 텔레비전을 못 보셔요. 텔레비전이 무서워서요. 텔레비전이 무얼 감추고 있는지 알게 되니까.

건물값이 열 배 이상 뛴 동창이 있는데, 그 친구는 제가 겪은 모든 일들이, 얼마든지 겪지 않아도 되는데 단지 제가 자기 충고를 듣지 않아 벌어진 일이라고 생각해요. 제 처지가 안타깝다는 투로 그렇게 말하고 다닌대요.

호프집을 열기 오륙 개월 전쯤 그 친구가 제게 건물 나온 게 있다고, 융자라도 받아 사두라고 했거든요.

그 친구도 그렇게밖에 생각 못하는 인간이 되려고 된 게 아니지만, 졸부가 되고 나니까 자기도 모르게 그렇게밖에는 달리 생각할 줄 모르는 거겠죠. 그때 자기 말 들었으면 지금쯤 충혁이 개도 떼부자 됐을 텐데, 하고 생각하지 않을 수 없는 거죠.

저도 그런 생각이 들거든요. 그러면 전혀 철거민 마음을 몰랐을 거예요. 그런데 그게 더 낫지 않을까, 이런 계산이 드는 거죠. 재개발이 들어오면 어느 쪽에 있든 괴물이 되게 되어 있어요. 어느 쪽이든 일상생활이 불가능해요.

한기도 그랬을 거예요.

우리에게 의심을 사지 않으려고 같이했지만, 같이하다보니 정말로 화가 나서 싸우고, 그러나 혼자 있다보면 다시 마음이 흔들리고……

한기가 어떤 의도로 망루에 올라왔는지는 중요하지 않아요. 어떤 의도로 왔든 자기 의도와는 달라지니까요.

한기가 무척 괴로워한 건 틀림없어요. 심장이 고장났다며, 심장이 고장나서 자기 말을 안 듣는다고, 자기 심장은 자기 생각과는 다르게 뛴다고 우울해했어요. 귀를 대보라고 해서 실제로 귀를 갖다대봤어요. 보통 귀를 대면 심장 뛰는 소리가 정확하게 들리잖아요. 그런데 전혀 안 들렸어요. 심지어 달리기를 해도 숨은 차서 헉헉거리는데 심장은 전혀 뛰지를 않았어요.

그러다 아주 사소한 이유로 뛴대요. 옛날 노래를 흥얼거리거나 꼬마들 노는 걸 구경하고 있다보면 갑자기 뛰는데, 그러면 기분이 너무 좋대요.

한번은 승합차 타고 가는데 심장이 뛴다면서 막 좋아하는 거예요. 차창에 물방울이 맺혀서 흘러내리는 걸 보고 있으니까 뛴다면서, 차창 밖으로 얼굴까지 내밀고 소원 이룬 사람같이 비명을 질렸어요.

심장이 뛰면 흥분해서 자기 조절을 못해요. 연대 나가서는 자해까지 했어요. 전경들이 에워싸서 미니까 거기 나뒹굴던 찢어진 깡통으로 가슴을 그었어요. 그 바람에 전철연 전체가 비난을 샀죠.

곁에서 다 지켜봤는데, 정말 모르겠더라구요. 저희를 위기에 빠뜨리려고 벌인 수작 같기도 하고, 다만 심장이 너무 뛰는 바람에 흥분한 때문인 것도 같고……

공가 옥상에서 같이 술을 마신 적이 있어요. 너무 많이 마셔서 토하기까지 했는데, 그때도 한기 심장은 안 뛰었어요. 주저앉아 하늘을 올려다봤는데, 반달이 구름 속으로 들어가고 있었어요.

한기가 중얼거렸어요.

"아, 정말, 구름에 달 가듯이, 그렇게 달이 가네요!"

저도 달 가는 모양을 쳐다봤어요. 그렇게 구름에 가는 달을 보고 있는데, 한기가 제 손바닥을 자기 가슴에 댔어요.

"봐!"

심장이 뛰었어요. 동시에 한기가 발작하듯 말했어요.

"형, 난 씨발, 이럴 때, 이렇게 심장이 뛸 때가 제일 좋아!"

혼자 신나서 일어나 노래하고 해방 춤 추고 늑대 울음소리로 울고…… 한참을 그러더니 큰대자로 누워 "형" 하고 말해요.

"나는 여기가 지옥 같아."

왜냐고 묻지 않았어요. 저도 그렇게 생각했으니까요.

"그런 얘기 들어봤어?"

한기가 묻고는 말했어요.

"평생 어려운 사람들을 도우며 산 착한 사람이 죽어 천국에 갔대. 천국은 근심 걱정 할 게 아무것도 없더래. 그렇지만 자기보다 더 어려운 사람을 도와줄 때 느끼던 그런 뿌듯한 행복도 느낄 수 없더래.

그래서 하느님한테 말했어. 저는 저보다 어려운 사람들을 도우며 사는 게 더 좋습니다. 그랬더니 하느님이 그 사람에게 어려운 사람들이 많이 사는 지구와 같은 세상을 만들어줬어. 그래서 다시 인간으로 살게 됐대.

이번에는 평생 나쁜 짓만 하고 산 악독한 인간이 죽었어. 너는 못된 짓만 했으니 가장 끔찍한 곳에서 살게 해주마, 하고 하느님이 말하니까 그 사람이 웃더래.

내게는 내 인생이 제일 끔찍했습니다. 끝없이 끔찍한 짓을 저지르고 도망치느라 너무 끔찍했습니다. 지구만 아니라면 다른 어디서든 견딜 자신이 있습니다. 그래서 그에게도 지구와 똑같은 세상을 만들어줬대."

얘기하고 나서 보탰어요.

"어쩌면 나는 몇 년 전 기차 사고로 이미 죽었는지 몰라. 죽어서 지옥에 떨어진 건데, 내가 모르고 있는 건지도 몰라. 어쩌면 실제

세상에는 임한기라는 인물이 존재하지 않을지도 몰라……"

말없이 한기 손을 잡아주었어요. 그때 저는 한기가 그런 식으로 속마음을, 그러니까 자기 마음이 지옥 같다고 제게 털어놓은 거라 생각했어요. 순진한 생각일지 모르지만 지금도 그렇게 생각해요. 그때 그의 마음이 정말 지옥 같았다면 나쁜 친구는 아니었을 거라고 생각해요. 정말 나쁜 인간들은 사람 좋은 표정 짓는 인간 중에 있는 것 같아요.

용역들과 싸우는 과정 못지않게 재판 과정이 더 끔찍했어요. 처음엔 한기가 경찰 복장으로 위장한 거라고 주장하지를 않나, 나중엔 한기가 용역 프락치인 걸 알고 저희가 망루 밖으로 떨어뜨려 살해하려 했다고 하지를 않나. 그런데도 언론은 그들이 말하는 그대로 대서특필해버리고……

심문 과정에서 아무런 정보도 없이 성급하게 진압했다는 특공대 책임자의 진술이 있었는데도 아무 소용 없었어요. 철거민들이 던진 화염병으로 인해 불이 붙는 걸 봤다는 경사의 진술이 번복되었는데도 소용없고, 검찰이 조사한 삼천 쪽의 수사 기록을 공개하라고 해도 공개하지 않고…… 심지어 담당 재판관까지 갑자기 좌천되고……

유가족들에게 너무 죄송해요. 감옥 간 사람들에게도 미안하구요. 다 저를 도와주려고 오신 분들인데, 결국 다 제가 모자라서 벌어진 일 같아 너무 죄송해요. 중환자실에서 이틀 만에 깨어나 처음 뉴스를 접하는데 제일 먼저 한기 말이 떠오르더라구요.

여기야말로 지옥 아닐까.

나도 죽어서 지옥에 온 거 아닐까.

그래서 집회에 계속 나가지 않을 수 없었어요. 진상규명을 요구하고 책임자 처벌을 요구하지 않을 수 없었어요.

거기 가면 저와 같은 사람들, 저를 도와준 사람들, 저와 같은 사람들을 도와주는 사람들을 계속 만날 수 있거든요. 신부님들, 인권운동하시는 분들, 시민운동하시는 분들…… 제가 교도소에 있는 동안 저한테 계속 신문 넣어주고, 잡지 넣어주고, 책 넣어주고, 음식 넣어주신 일반 시민들이요.

감옥에 있으면서 고마운 분들을 정말 많이 알게 됐어요. 도우며 사는 걸 좋아하는 사람들이요. 평생 갚아도 못 갚을 도움을 받았어요. 그분들 덕분에 살 만한 세상 같고, 울고 싶은 만큼 울 수 있었어요. 또 저도 모르게 웃고……

지난주엔 밀양에 다녀왔고, 다음주엔 강정 집회에 가요. 호프집 하면서 아내랑 번갈아 가요. 내일은 경주에 가야죠.

48. 샤부샤부집 김사장(52세)

길이 끊겼어. 봄부터 공가가 늘더니 여름 되니까 안쪽 상가는 거의 죽었어. 용역들이 버티고 앉아 있으니 못 들어와. 손님이 한 명도 안 올 때가 많았어. 설마 벌건 대낮에 무슨 일 있겠어 하는, 우리나라 철거 실정을 전혀 모르는 일반 손님들이나 다녀갔어. 그런 사람들이 의외로 많아 큰길 쪽은 여전히 장사가 됐어.

하지만 회원들은 삼사십 명밖에 안 남고, 용역들도 무슨 수를 써서라도 몰아내겠다고 협박하고. 그런데도 연말까지 버텼지.

무슨 재주로 버티나 싶었는데, 어떻게든 버티다보니 버티긴 버텼어. 사나흘 간격으로 다른 지역 연대도 다녀오고, 남자들 몇은 심야에 모델 하우스 찾아가 탄을 던져 넣기도 하고…… 어떻게든 버티긴 버텼는데, 앞으로는 또 어떻게 버티나 싶지. 결국 두 가지 길밖에 없어.

하나는 천막을 짓는 거, 다른 하나는 망루를 올리는 거……

시공사는 용역 비용보다 적게 들어야 협상에 나설 거고, 용역들은 하나라도 더 쫓아내야 그 차익을 차지하니까 점점 더 잔인해져. 천막 싸움은 오륙 년씩 노숙으로 이어지는 반면, 망루는 용역들이 죽기 살기로 막기 때문에 쉽지 않아.

"망루는 용역들이 화염방사기에 중장비까지 동원해 부수려 한다는데, 여성과 노인들이 많은 저희 형편에 어렵지 않겠어요?" 하며 겁을 먹는 쪽과 "여성과 노인들이 많기 때문에 천막 싸움으로는 버틸 승산이 없어. 차라리 젊은 사람들이 망루 올라가 버티는 게 낫지" 하며 각오하자는 쪽으로 나뉘었어.

망루를 올린다 해도 누가 망루로 올라갈 것인가를 두고 또 갈려. 올라가려면 구속을 각오해야 하고, 밑에 남자니 협상 체결 때 자기만 소외될 것 같아 불안하고……

철물점 정씨나 중국집 김형은 망루를 지지했어. 위원장은 감옥 갈 각오 하고……

"망루든 지옥이든 나는 강아지처럼 위원장 따라갈 거구먼!"

찌갯집 최씨 할머니가 중얼거리자 분식집 함씨 할머니가 나무랐어.

"아이고, 그 몸을 해가지고 거기 올라가면 도리어 해나 끼치지 거기가 어디라고 올라가 올라가긴!"

함씨 할머니는 망루가 무서운 눈치야.

"망루는 잘못하면 저희 모두 감옥 갈 수 있기 때문에 계획에 없어요."

비밀리에 기습적으로 올려야 하기 때문에 잡아뗐어.

그러자 "아이고, 그려?" 하고 함씨 할머니가 반겼어.

"그러면 안 되지! 절대 안 돼!"

"망루를 올린다 해도 어차피 전부 올라가진 못해요. 밑에 남아서 도와주는 사람도 있어야지."

정씨가 설명하자 최씨 할머니가 반겼어.

"그러면 우리가 그런 거 하면 되겠구먼. 밥도 해다주고 찬도 해다주고!"

정씨가 위원장을 보며 물어.

"몇 명 정도 올라가야 적당할까?"

위원장이 잡아뗐어.

"아, 안 올라간다니까요!"

김형도 저희를 보고 찡긋하며 거들었어요.

"망루는 너무 위험해요"

한기씨는 망루를 원했어.

"기왕 싸우는 거 망루 올려서 화끈하게 싸우죠?"

혈기왕성하달까, 철이 없달까.

"한 사람쯤 죽을 각오 하면 저 새끼들도 꼼짝 못할 겁니다."

그런 말 함부로 하지 말라고 다들 나무랐어. 정씨조차 한기씨한테 핀잔을 줬어.

"아니, 살려고 하는 건데, 국숫집은 왜 자꾸 죽는 얘기부터 해?"

그런데도 "이순신 장군도 말했잖아요" 하며 뒷동을 달아.

"살려고 하는 자 죽고, 죽으려고 하는 자 살 것이다."

그래서 나와 위원장은 한기씨를 제외시키기로 입을 맞췄어. 망루에 오르면 얼마나 오래 고립될지 모르는데, 함께 오르기엔 아무래도 너무 철없고 저돌적이어서.

게다가 복어집 건물로 용역들이 들어왔어. 망루를 올린다면 그 건물이 제일 적합한데, 놈들이 알아챘는지 그 건물 삼층을 자기들 사무실로 쓰더라구.

결국 남현빌딩 하나만 남았어.

대로변이긴 하지만, 사람들이 지켜볼 테니 용역들도 함부로 공격해오지 못할 거 같았어. 하지만 비밀에 부치기 위해 그때부터 망루 얘긴 일절 하지 않았지. 명절 지나 날씨 풀리면 천막 짓겠다 하고.

49. 지물포 차사장(56세)

나를 찾아와 답답해하더군. 천막보다 망루를 올려 싸워야 한다고. 다들 겁이 너무 많다고. 다시 위원장에게 건의해보라고. 한기 그 친구가 내 눈을 빤히 보면서 몇 번이나 채근했어.

"형님, 제발 말씀 좀 잘해서 망루로 하자고 하세요!"

웃음이 났지. 나는 살면서 누구 속이고 몰래 하고 그런 거 할 줄 몰라.

우린 이미 틈날 때마다 인천 고물상 공터 가서 망루 올리는 연습을 하고 있었거든. 그래서 내가 말해줬다고 하면 절대 안 돼, 하고 말해줘버릴까 몇 번을 망설였는지 몰라. 지금 생각해보면 그때 얘기해줬으면, 그러면 용역들이 미리 알고 막았을 테고, 그러면 그게 더 잘된 거였을까 싶기도 해.

망루라는 건 혼자 힘으로는 절대 못 올려.

용역들이 눈치채기 전에, 용역들이 공격해도 무너지지 않게끔 쇠파이프 깔고, 기둥 세우고, 클램프 조이고, 파이프로 골조 세우고 하려면, 이삼십 명 이상이 한꺼번에 달려들어야 해. 층마다 아시바 대고 그 위에 합판 깔아 이 미터 높이로 사층 이상 올려야 하는데, 용역들 물대포 받아가며 계단과 창문까지 갖춰야 하니까.

그래도 우린 웃으면서 했어. 정씨가 기술도 좋고 제일 빨리 배웠어.

"기왕 올리는 거 두세 층 더 올려야 기러기도 잡고 청둥오리도 잡고 하는데 말야!"

농담하면서 여자들 화염병 준비까지 거들고, 새장 같은 것도 만들었어. 뭐냐고 물으니까 닭장이래.

"달걀 잘 낳는 놈으로 한두 마리 넣어가서 매일 달걀도 먹고, 기러기나 청둥오리 잡으면 친구 시켜줘야지."

그 사람 넉살이 참 좋아.

"아니, 망루에 올라가 얼마나 있으려고 닭까지 키워요?" 하니까 뭘 몰라도 정말 모른다는 표정으로 너스레를 떨어.

"S지구도 일 년째 망루 생활 하고 있잖아?"

액세서리점 아주머니가 "일 년씩이나 올라가 있단 말이에요?" 하니까 "옛날 다락방이나 시골 원두막 같은 거라고 생각하면 돼. 겨울에 조금 추워서 그렇지, 여름에는 신선이 따로 없다구!" 하며 너스레를 떨어.

믿지 않는 눈치자 "지나가는 구름 잡아서 종일 걸어두면 덥지도 않아" 하는데, 픽, 하고 웃으니까 더 허풍을 떨어.

"비닐하우스에 야채 키우지, 또 새총으로 새 잡아먹지, 그물만 걸어두면 새들이 와서 저절로 걸려. 참새나 박새 같은 자그마한 텃새 말고, 기러기나 청둥오리처럼 염소만한 철새들이 말야."

액세서리점 아주머니가 흘겨.

"철새가 무슨 염소만해?"

하지만 정씨가 "게다가 또 비 내리면 양철지붕 소리가 정말 죽여요!" 하니까 "나 그 소리 정말 좋아하는데. 어릴 때 양철집에서 살았거든요!" 하며 반가워해. 정씨가 신이 나 허풍을 이어갔어.

"기러기란 놈은 똑똑해서 잡기가 어렵지, 잘만 길들이면 심부름도 시킬 수 있어."

말도 안 되는 말 좀 그만하라며 눈을 흘기니까 신이 나서 더 해.

"우유나 두부 같은 심부름은 목에다 비닐봉지 걸어주면 다 한다니까? 옛날에는 거위가 집 지키고 비둘기가 통신병 노릇 하고 다 했잖아?"

50. J지구 부위원장 이상우씨(49세)

한밤중에 호출이 왔어요. 가보고 나서야 망루 올리는 줄 알았습니다. 이충혁 위원장이 잔뜩 긴장한 표정으로 인사하더군요.

"죄송합니다. 부탁을 쉽게 뿌리치지 못할 것 같은 분들께만 연락드렸어요."

겁나지만 우리도 언제 부탁해야 할지 모르잖아요. 도와달라고 할 때 도와야 도움받고 싶을 때 받을 테니까요. 다른 철거 지역에서만 서른다섯 남짓 왔어요.

한기씨는 보지 못했어요. 연대 나갈 때마다 선봉에서 전투적으로 싸우는 친구라 제가 잘 기억하는데 그날은 보지 못했어요.

자재 올릴 사람, 생필품 올릴 사람, 규찰과 경계를 서줄 사람…… 순서대로 복면, 방한모, 안전모, 장갑 등을 받았어요.

겁나죠. 용역들이 알면 수단과 방법을 가리지 않고 막을 테니까. 교회 나가본 적도 없으면서 저도 모르게 기도를 하고 있는 거예요.

하느님, 살펴주세요. 하느님, 저희를 살펴주세요……

그런데 그날 밤 계획이 연기됐어요. 생필품부터 옥상으로 올리고 나서, 크레인으로 망루 자재를 올리려 하는데, 크레인이 작동하지를 않는 거예요. 올렸던 짐까지 도로 내려야 했어요. 순간 하느님이 내 기도를 들어주셨구나 싶은 거예요. 그날로 돌아왔죠.

지금도 하느님이 저를 살렸던 거라고 생각해요. 하느님이 사실 반대하셨던 건데, 위원장이 그대로 고집한 거라 생각해요. 하지만 이런 생각은 괜한 오해를 살 수도 있으니까 절대 쓰지 말아주세요.

교회는 아직 안 나가요. 하지만 형편이 좋아지면 나가고 싶어요.

51. C지구 철거민 이재인씨(53세)

이튿날 다시 올렸어요. 첫날보다 일손이 많이 모자랐어요. 첫날 만큼만 왔어도 더 빨리 올렸을 텐데……

저는 석훈씨랑 자재만 올려주고 내려올 생각이었어요. 각층마다 줄을 서서 쌀이며 김치, 이불, 장판 같은 생활용품과 망루 세울 공구들, 용역들과 대치하면 사용할 골프공과 화염병, 세녹스, 염산 등 물품 올리는 데만 한 시간 반가량 걸렸어요.

그러고 나자마자 용역들이 건물 삼층까지 뒤쫓아 올라오는 바람에 내려가야 할 사람도 다 내려가지 못하고, 대치 상황이 시작된 거예요. 몇은 빨랫줄을 늘여 뒤편으로 내려갔지만 저는 내려가지 못했어요. 배가 좀 나오고 체중도 꽤 나가고 하니까.

용역들이 망루 바로 아래층에서 불을 피워대는 바람에 매캐하고 검은 매연이 계속 치솟아올라왔어요. 아래층에서는 시커먼 연기가 계속 올라오는데 건너편 건물에서는 물대포를 줄기차게 쏘아대니 작업이 자꾸 지체됐죠.

그래도 다 잘될 거라 생각했죠. 건너편에서 응원해주는 시민도 있고 또 여러 카메라가 돌아가고 있는 게 보였으니까요. 일곱시에는 위원장이 〈손석희의 시선집중〉 인터뷰도 잡혔다 하고.

상황이 알려지면 조합도 어쩌지 못하고 대화에 응할 거라고 기대했지, 특공대가 덮칠 거라고는 전혀 생각지 못했어요. 강제적인 망루 진압은 너무 위험해서 당일 진압은 상상도 안 했죠.

빨라야 서너 달, 대개는 일이 년씩 걸려요. 망루 진압까지 K지구가 사 개월, S지구는 십칠 개월, P지구는 십팔 개월 걸렸으니까.

용역들 공격이 뜸해지면 시장한 사람들은 주먹밥 먹고, 엉덩이라도 붙일 만한 자리가 있으면 앉은 채 잠시 쪼그려 쉬기도 하고, 바깥에서 지켜보는 가족들을 향해 두 팔을 들어 흔들어 보이기도 하고, 머리 위로 하트를 만들어 보이기도 하고……

금은방이 아내에게 하트를 그려 보이는데, 이상하게 부럽더라구요. 그래서 저도 하트를 그려 보였어요. 나 아는 사람은 아무도 없었지만, 서로 하트 그려 보이는 모습이 부럽기만 하더라구요. 그래서 나 아는 사람이 있는 것처럼 하트를 그려 보이고 손도 흔들어주며 "사랑해!"라고 외치고 활짝 웃기까지 했어요. 그때는 전혀 몰랐으니까요. 그 사람들이 무얼 지켜보게 될지……

태평하게 코 고는 소리도 들렸어요.

"아이고, 철거 싸움 시작한 뒤로는 힘드니께 어디서든 눈만 붙이면 잠이 와서, 그거 하나는 좋구먼."

누군가 코 고는 사람을 보며 말하자 "맞아. 등만 붙이면 바로 거기가 내 집이야" 받으며 웃는 소리도 들렸어요.

"젠장, 마누라한테 온다는 얘기도 안 하고 왔는데, 이러다 갇히는 거 아냐?"

투덜거리는 분도 있고, "마누라한테 얘기 안 하고 온 게 잘한 거야. 나는 오늘 중으로 돌아갈 거라고 얘기하고 왔는데, 괜히 걱정하게 만들었나 싶네" 하는 분도 있고.

"다들 돌아갈 집도 없으면서 돌아갈 걱정들을 하긴, 젠장!"

누군가 쏘아붙이자 "그건 그려!" 하며 다들 웃었지요.

오후 서너시쯤 망루가 겨우 모양을 갖춰가는데, 그때 이미 해산하지 않으면 진압하겠다는 방송이 나왔어요. 제 기억에 그때까지 한기씨는 보이지 않았어요.

52. 생선구잇집 이규선씨(51세)

곧바로 용역들이 몰려왔어. 처음엔 이층 계단에 아시바로 시건장치를 해서 막았는데, 너무 급하게 용접하다보니 쉽게 뜯고 올라오는 거야. 이층 계단이 뚫려 삼층으로 쫓겨 올라갔지. 그때 용역 하나가 바짝 쫓아 올라오다 우리 발길질에 나둥그러졌어. 근데 그 친구가 한기씨랑 닮았더라구.

경찰 복장을 하고 있었어. 용역들 모두 경찰 복장 같은 걸 하고 있었거든. 처음엔 한기씨가 아니라 그냥 한기씨랑 닮은 사람인가 했어. 한기씨가 용역들 속에 있을 리 없잖아. 하지만 다시 보니까 한기씨가 틀림없어.

나와 눈이 마주치자 웃었어. 순간적이긴 하지만 나를 아는 사람 표정이었어. 틀림없어. 왜 있잖아, 세상이 멈춘 것 같은 그런 순간. 한기씨랑 딱 눈이 마주치는 순간이 그랬어. 실제로는 일이 초도 안 되었지만 아주 한참을 마주한 그런 기분이야.

한기씨가 왜 용역들 속에 있지? 하는 의문과 함께, 한기씨가 아니라 한기씨랑 닮은 용역인가, 아니면 뒤늦게 우리랑 합류하려고 용역 복장을 하고 올라온 건가, 그도 아니면 용역들 속에서 용역 복장을 하고 다른 용역이 올라오지 못하도록 막는 건가……

삼층에서 사층 올라오는 계단 시건장치는 단단했어. 결국 용역들은 삼층까지밖에 못 올라오고, 거기서 폐타이어나 소파 같은 걸 태우기 시작했는데, 매캐한 연기가 옥상으로 올라와 눈을 뜰 수 없더라구.

경찰한테 말하니까 자기들은 불 끄는 사람이 아니래. 아니, 하지 못하게는 할 수 있잖아. 근데 자기들 임무가 아니라면서 웃기만 해. 소방관들도 왔는데, 둘러만 보고 그냥 갔어. 불을 꺼달라고 해도, 추워서 불 쬔다는데 자기들이 어떻게 끄냐면서. 아무도 우리 편이 아냐.

이 얘기를 인터뷰에서 했어. 한기씨거나 한기씨를 빼닮은 용역이 삼층에 있었다고. 하지만 용역들은 발뺌하고 나로서는 증명할 방법이 없으니까. 만약 한기씨가 맞는다면, 왜 용역들이 발뺌하는 걸까, 자기들이 한기씨를 알아보고 죽이지 않았다면 왜……

놈들이 한기씨란 걸 알아보고 어떻게 한 거야. 망루 불길로 밀어붙였거나, 망루에 불이 났을 때 앞세웠거나.

그러지 않고는 그 친구가 왜 여태 나타나지 않겠어. 그때 죽은 게 틀림없어. 뉴스에서도 처음엔 시신이 일곱 구라고 했잖아.

걔들이 빼돌린 거야.

53. 지물포 최석진씨(43세)

거대한 구름 그림자처럼 머리 위로 컨테이너가 다가왔어.

갑자기 경찰 병력이 늘고, 정신을 차릴 수 없을 정도로 한꺼번에 물대포를 쏘아댔어. 다들 망루 안으로 도망쳤지.

특공대원이 옥상을 점령해서 나도 망루로 도망쳤어. 뒷덜미를 잡혔는데, P지구 류씨가 내 팔을 붙잡아줬어. 류씨가 잡아끄는 힘과 특공대원이 낚아채는 힘이 비슷해서 꼼짝도 못하고, 이렇게 잡혀가는구나 싶었지.

천만다행으로 팔을 뿌리치고 망루 속으로 들어갈 수 있었어.

살았다 싶었지.

그때 미처 피하지 못한 사람들은 그대로 체포되었어.

나도 그때 체포되었더라면 좋았을 텐데, 그러면 다리도 다치지 않고, 감옥살이도 하지 않았을 텐데……

감옥살이가 힘든 게 아니라, 재판 과정을 통해서조차 진실이 드러나지 않는 나라라는 걸 확인하는 과정이 힘들었어. 그때 그 불길에 휩싸여 유명을 달리한 분들에겐 참 죄송한 말이지만, 그때 그냥 죽는 게 더 나았을 거 같아.

나는 나의 모든 걸 잃었어. 건강했던 몸, 열심히 일했던 내 가게, 단란했던 우리 가족 모두, 자식 걱정만 하시던 어머니……

아무튼 그때는 망루 안으로 가까스로 피한 뒤에 살았다고 안도의 숨을 내쉬었어. 망루에서 숨을 돌리고 있자니까, 한기씨가 보였어.

어, 저 친구 언제 왔지? 하는 의문이 들었어. 더구나 헬멧을 벗긴 했지만 차림새가 경찰 복장이었어. 그래서 다시 쳐다봤는데, 틀림없는 한기씨였어.

용역들에게 붙잡히지 않으려고 용역들 복장을 하고 숨어들어왔나? 하고 생각했지. 하지만 말을 걸어보거나 하지는 못했어. 컨테이너가 들어와 망루를 치면서 그대로 나동그라졌거든.

54. S지구 철거민 이영규씨(53세)

컨테이너가 망루를 치자 망루 전체가 쓰러질 거 같았어. 그렇잖아도 옥상을 점령한 경찰과 용역들이 망루 일층 기둥들을 쳐서 망루가 이미 한쪽으로 약간 기운 상태였거든.

나중에 동영상으로 보기론 컨테이너와 부딪치는 순간, 살짝 일그러지는 정도 같았지만, 안에서는 충격이 무척 커서 다 나동그라졌어. 나는 망루 사층 계단 쪽에 있었는데, 몇 번이나 엉덩방아를 찧었는지 몰라. 텔레비전 화면에도 잡혔어. 일곱시 십칠분경에 바깥으로 고개를 잠깐 내밀었던 게 바로 나야.

최루탄은 또 어찌나 터뜨려대던지 숨을 쉬어야겠다는 생각밖에는 다른 아무 생각도 들지 않았어. 그렇게 균형도 못 잡고 물에 홀딱 젖은 채 숨조차 쉬기 어려운 상태였어. 바람이 들어오는 창문쪽으로 고개를 돌려 숨을 쉬려 했지만, 기울어져서 균형잡고 서 있기도 힘들고, 때리는 소리, 부서지는 소리, 터지는 소리들이 난무하는 중에 누군가, "그만, 그만해! 이러다 다 죽어!" 외치는 소리가 들렸어.

그러고 나서 한기씨가 망루 밖으로 몸을 내미는 게 보였지. 특공대 쪽을 향해 두 손을 흔들었어.

"그만해, 그만!"

얼핏 투항을 하는 모습 같기도 하고, 뭔가를 경고하는 동작 같기도 하고……

"그만! 제발 그만해!"

소리치더니, 몸이 바깥으로 빠져나가더라구.

저 친구 어쩌려구 저러지? 하는 생각과 동시에, 망루 사층에서 옥상 바닥으로 뛰어내렸어. 정확히 말하면 머리부터 거꾸로 떨어졌어. 그러니까 그건 탈출하려는 게 아니라 죽으려는 거였어.

아, 저 친구 투신을 하는구나, 생각했어.

사람들이 주장하는 것처럼 자살이나 탈출이 아니야. 그땐 아직 화재가 일지 않아 그럴 이유가 없었으니까. 나는, 저 친구가 지금 상황을 중단시키기 위해 자기 몸을 내던지는구나 하고 생각했어. 거기 있던 사람들 다 그렇게 생각했을 거야. 지금도 그렇게 생각해.

그렇지 않고는 그때 그렇게 그런 자세로 뛰어내릴 이유가 없거든. 마치 밖에서 누가 강제로 잡아당기기라도 한 듯이 말야.

"사람이 떨어졌다!"

"사람이 뛰어내렸어!"

"사람이 뛰어내렸다!"

……

사람들이 소리치고, 특공대도 잠깐 주춤했어. 내가 아래층으로 뛰어내려갔지만 계단에서 특공대와 대치 상태여서 더 내려갈 수가 없었어.

"사람이 죽었어요!"

"저기 사람이 있어요!"

"사람이 떨어져 죽었어요!"

……

사람들이 소리쳤어. 그래서 끔찍하지만, 더 끔찍한 사태로 이어지진 않겠구나 하는 기대가 내심 없지 않았어. 사람이 죽었으니, 진압 상황이 좀 진정되겠구나 싶었지. 그런데도 이놈들이 그대로 밀어붙이는 거야.

55. 위원장 어머니 전재순씨(69세)

임사장 때문에 우리 아들이 고생 많았슈.

사람이 너무 어려서 성질이 불같으니께 이런저런 말썽을 많이 피웠거든유. 툭하면 싸우고 시비에 휘말리구.

그때마다 우리 아들이 대표자니까 수도 없이 불려갔어유. 뭐 툭하면 불려갔으니까. 밥 먹다가도 불려가구, 주방일 하다가도 불려가구…… 쌍방폭행으로 소환장 와서 재판도 받고 벌금 팔십만원인가도 내구, 백이십만원인가도 내구……

지가 임사장 손 꼭 붙들고 여러 번 부탁했슈.

"여보게, 자네 마음은 나도 알겠네만, 지금 우리 마음을 가장 정직하게 보여주는 사람이 바로 자네일 걸세. 자네야말로 우리 마음이지. 하지만 자네가 자꾸 이렇게 골을 부리면 우리 아들이 감옥을 가게 되니께 두 번 다시 주먹 쓰거나 성질부리지 말어. 제발, 응?"

그랬더니 "죄송합니다, 죄송합니다, 죄송합니다!" 연신 고개를 주억거려유. 이미 취해서 "감옥 가는 게 더 잘되는 일인지 몰라유. 감옥 가는 게……" 중얼거리길래 지가 나무랐어유.

"아이구, 돈 벌어 대학 마쳐야지, 감옥은 왜 가? 젊은 사람이 그런 말 하면 못써!" 하니까 "대학 졸업해서 대기업 취직하고 싶었는데, 근데 이게 다 대기업들이 하는 짓이잖아요, 대기업들이. 제 친구들 다 대기업 들어가려고 공부하는데 전 이게 정말 무서워요……" 중얼중얼거리길래 지 마음이 짠해서 달랬어유.

"자네가 자꾸 이러니까 우리 아들만 힘들고 욕먹잖어?"

지는 누구랑 싸워본 적이 없네유. 주변에 물어보면 알겠지만 저희 집은 안 싸워유. 싸울 일 생기면 지는 그냥 주방으로 들어가버려유. 장사하는 사람이 싸우면 손님들이 귀신같이 알아보고 안 오거든유.

지는 애들 키우면서 남처럼 이놈아, 새끼야, 이런 소리 안 하고 키웠어유. 지는 우리 막내를 충혁아! 하고 불러본 적이 없어유. 지금도 충혁아, 이 소리를 못해. 낯설어서유. 부를 거면 우리 아들, 하고 부르거나 이충혁, 이렇게 이름 석 자를 모두 불렀슈. 지금도 우리 아들, 아들 왔네 이러지, 충혁이 왔네, 이런 소리 안 해유. 그래서 다른 유가족들도 충혁아, 이렇게 안 불러유.

지는 그날, 망루 올라가는 줄도 몰랐어유. 새벽에 며느리한티 전화가 와서 나갔더니 그 난리가 벌어지고 있더라구유.

특공대가 올라가 죽일 줄은 상상도 못했슈. 올라가서 다 데리고 내려오는 줄 알았슈. 할아버지가 돌아가신 줄도 몰랐어유. 올라가 있는 줄도 몰랐으니께. 더구나 경찰이 시신들을 빼돌릴 줄은 생각도 못했어유. 난중에 보니까 시신을 아주 갈기갈기 찢어놨더라구유.

며느리 따라 병원 응급실로 갔더니, 시커멓게 그을음을 뒤집어쓴 시체 두 구가 놓여 있더라구유. 그중 하나는 머리가 깨져선 하얀 천으로 씌워놨는데, 며느리가 울고 있길래 막내가 죽었구나, 하고 지가 정신을 잃었슈.

사람들이 주무르고 물 떠다주고 해서 겨우 정신을 차렸어유. 그러곤 또 정신없이 우는디, 그렇게 한참을 울고 있는디, 그 옆에 누워 있는 게 우리 막내라고 하더라구유. 신발 때문에 지는 그쪽이 우리 아들인 줄 알았슈.

아들도 정신을 잃어서 죽은 시체맹키로 누워 있었는데, 숨은 쉬더라구유. 불바람에 떠밀려 떨어졌대유. 지가 떨어져내린 게 아니라 불바람에 내던져진 거예유. 옥상 구석에 뜨거운 물이 고여 있는데, 거기서 정신 잃고 쓰러져 있었대유. 죽은 줄 알고 들것에 실어 내려왔는데, 소방관 하나가 혹시나 하고 가슴에 손을 댔더니, 글쎄 심장이 아직 뛰고 있더래유.

죽은 사람들은 다 경찰서로 가져갔어유. 그래서 다들 경찰서로 몰려갔는데, 지는 며느리가 아들 지키라 해서 지키고 있었슈. 누가 빼다 죽일지 모르니께유.

근데 그때 그 옆에 있던 게 아무래도 임사장 아닌가 싶어유. 우리 아들이 임사장 구두를 신고 있었으니께, 우리 아들 운동화를 신고 있는 그게 임사장 아니었을까 싶어유. 근데 이놈들이 쥐도 새도 모르게 빼돌린 거예유. 이쪽은 내가 지키고 있으니께 못 빼돌리고 그쪽만 먼저 빼돌린 게 틀림없어유.

근데 아무도 내 말을 안 믿어유. 우리 며느리도 아들 옆에 아무도 없었대유. 경찰서 가서 못 본 거예유.

56. N지구 철거민(사망자 유상호씨)의 딸 유은주씨(20세)

꿈에 엄마가 나왔어요. 빨리 가서 아버지 좀 도와드리라고요. 그래서 새벽 여섯시에 깼어요. 그때까지도 저는 아버지가 그곳 망루에 올라간 걸 몰랐어요. 천막 근처 공원으로 갔어요. 또 거기 어디서 혼자 소주 마시나 하고.

뉴스를 접하고서야 아버지가 그 망루에 올라간 걸 알았어요. 아버지는 연대 싸움이 있으면 빠지지 않고 나가셨으니까요. 시계를 보진 못했지만 그때가 일곱시 반은 넘었을 거예요. 이미 망루 전체가 불타는 장면이 반복적으로 나오고 있었으니까요. 그때까지도 우리 아버지는 돌아가시지 않았을 거라고 생각했어요. 아버지가 이미 돌아가셨다면, 엄마가 꿈에 나와 빨리 가서 아버지 도와드리라고 하실 리 없잖아요.

제가 도착했을 때는 망루가 전소되고 사상자들이 병원으로 실려간 뒤여서 인근 병원을 찾아다녔지만 아버지는 보이지 않았어요.

경찰서에 시신이 안치되어 있다고 해서 혹시나 하고 다른 가족들을 따라갔는데, 현관 인터폰 벨을 눌러도, 누군가 안에 있는데도 내다보지 않아요. 사람들이 문을 부수고 유리창을 깨고 하니까 경찰 하나가 나오더니 S대학병원으로 가래요.

아마 국과수의 부검 시간을 벌기 위해 경찰서에 시신이 있다는 가짜 정보를 준 것 같아요. 나중에 보니까 부검을 다 마친 상태로 병원 영안실에 시신들이 안치되어 있는 거예요.

말이 안 되잖아요. 동영상 화면을 보면, 불이 붙자 아버지가 망루 사층에서 뛰어내려요. 그때 한경훈씨도 뛰어내리고 최석진씨도 뛰어내리고, 아빠가 옥상 바닥으로 떨어져 절름거리는 모습까지 보여요.

그런 분이 망루 속에서 까맣게 탄 채로 발견됐다는 게 지금도 이해가 안 돼요. 뛰어내린 사람이 왜 다시 망루에 들어가 죽냐구요. 그때 그렇게 돌아가셨으면 엄마가 왜 꿈에 나와 얼른 가서 도우라고 했냐구요.

한기씨는 아버지 찾으며 병원 돌아다닐 때 봤어요.

응급실 한쪽에 까맣게 그을려 누워 있더라구요. 확실치는 않아요. 너무 까맣게 그을려 있었으니까. 그런데 한기씨 같았어요. 경찰에서도 그렇게 진술했는데……

저희 천막 싸움 할 때 여러 번 와서 기억해요. 그리고…… 천막마저 뜯겨서 봉고차에서 먹고 잘 때였는데, 생수 갖다주러 주일마다 왔어요. 하루는 제 번호를 어떻게 알고 문자를 보내왔어요. 가슴이 뛰는 일을 하라고.

아빠가 그걸 어떻게 아시고 화를 내셨어요. 공부해서 대학 가면 그 오빠보다 더 나은 남자가 쌔고 쌨다며.

57. S지구 철거민(사망자 한길영씨)의 아내 이영옥씨(43세)

왜 부검을 했는지 모르겠어요. 유가족 허락 없이는 불법이라 그렇게 한 적이 한 번도 없대요. 그런데도 그렇게 한 걸 보면, 그렇게 할 수밖에 없던 어떤 의도가 있었을 거예요. 그걸 밝혀야 하는데 그걸 못 밝혔어요.

경찰서에서 항의하다 어떤 기자가 S대학병원으로 시신이 갔다고 연락해줘서 그 병원으로 갔어요. 갔더니 전경들이 막아서서 들여보내주질 않아요. 가족들이 다 와야 된다더니, 다 왔다니까, 이번에는 담당자가 열쇠를 가져가서 안 된다 하고.

시민들과 함께 밤새 대치하다 새벽에야 변호사 입회하에 가족당 한 명씩만 들어가 시신을 확인할 수 있었어요.

영안실로 내려가니까 바닥에다 비닐을 깔아놓고 시신 여섯 구를 일렬로 늘어놓았어요. 전부 새까맣게 그을렸는데 부검한다고 훼손을 해서 두개골부터 절개 자국이 그대로 보이도록 봉합되어 있는데다, 팔다리가 다 굽어지고 뒤틀리고, 어떤 사람은 손목이 없고, 또 어떤 사람은 손가락 없고, 장기 없고……

한 분은 그 자리에서 실신하고 다른 한 분은 자기 남편을 알아보고 우시는데, 전 누가 누군지 구분을 못하겠더라고요. 무섭고 두려워서 가슴만 뛰고.

그런데 그중 하나가 우리 아이 아빠라는 거예요. 신분증이 나왔대요. 지갑을 보여주는데, 주민등록증도 있고, 만원짜리도 있고……

그때 한쪽에 눕혀져 있던 젊은 사체가 경찰인 줄 알았는데, 경찰 사체가 아니었다면, 그 사람이 한기씨 아닌가 몰라요.

하지만 그날 오후에 다시 내려갔을 때는 시신이 다섯 구만 있더라구요. 경찰이어서 장례식을 치르기 위해 가져갔다는데, 어쩌면 그게 한기씨가 아니었을까 싶어요.

철거민인 줄 알았다가, 용역 시비가 불거지니까 도로 빼돌린 거 같아요. 저는 그렇게 생각하고, 그렇게 증언했지만, 달리 증거가 없으니……

58. 전철연 회원 조윤상씨(47세)

철거민 보상이 제대로 책정된 적이 없어요.

단 한 번도 없어요.

저희 전철연만 죽어라 싸워서 보상을 받아냈어요. 97년 S지구를 비롯해 스무 곳이 넘어요. 그래봤자 마지막까지 남아서 싸운 몇 사람만 보상받은 거지만, 어쨌거나 보상받는 방법은 전철연 연대뿐이에요.

개발사는 이익만 추구하는 놈들이에요. 저희 주장이 합당하다고 들어주는 것도 아니고, 저희가 포기하지 않고 싸우니까 들어주는 것도 아니에요. 들어주는 게 자기들에게 더 이익이다 싶을 때 들어주는 거예요. 세입자가 너무 많으면 용역들을 이용하다가 용역 비용보다 세입자 요구를 들어주는 비용이 적겠다 싶으면 들어주는 거죠. 어쨌든 그만한 보상이라도 받아내려면 싸워야 해요. 겉으로는 용역들과 싸우는 거지만 실제로는 용역 비용보다 적게 들 때까지 버티는 거예요.

버티려면 천막을 짓거나 망루를 올리는 방법밖에 없는데, 망루 지을 때는 용역들이 새총을 쏴요. 청계천에서 만 얼마면 살 수 있는 미제 새총인데, 위력이 장난 아니에요. 병 세워놓고 쏘는 연습 몇 번만 하면 병 꼭지도 바로 맞힐 수 있어요. 처음 사용한 게 P지구 용역들인데 그다음부터는 우리도 방어용으로 갖고 올라가죠.

하지만 참사가 일어나자 언론에서는 일제히 외부 지역에서 온 전문 시위꾼들이라고 보도했어요. 기가 막히죠. 다른 지역 철거민들이 도와주지 않으면 망루를 올릴 수가 없어요. 장정 삼사십 명은 있어야 올리기 때문에 십수 년 동안 망루는 늘 연대해서 올렸어요. 그렇게 올리고 나면 다른 지역에서 온 분들은 그날로 다시 돌아가요. 돌아가지 않으면 자기 구역이 침탈당하니까 경찰이 돌아가지 말라고 해도 서둘러 돌아가요. 그런데 돌아갈 시간도 주지 않고 입구를 막은 거잖아요. 그런데도 언론은 그렇게 보도를 한 거잖아요. 다른 지역에서 온 전문 시위꾼들이다, 이렇게.

제가 볼 때 이건 몰살이에요, 몰살. 지금까지 망루 올리자마자 곧바로 공격한 경우가 한 번도 없거든요. 그런데 언론이 사상자들 중 다수가 외부 시위꾼들이다! 하고 보도했어요. 망루 올릴 땐 언제나 외부 철거민들이 도와주는 거 잘 알면서도 그렇게 기사를 따요. 정말 나쁜 놈들이죠. 더 화가 나는 건 적잖은 국민들이 이런 보도를 그대로 믿고 그런가보다 하는 거지만……

임한기씨는 프락치일 가능성이 높아요.

걔들도 뭔가 믿는 구석이 있으니까 그렇게 쳐들어온 거예요. 그 친구가 용역 옷을 입고 어떻게 들어왔냐 이거예요. 경찰에선 저희가 용역이나 경찰로 위장해 폭력을 정당화하려 했다고 주장하는데, 말도 안 되는 소리죠. 임한기 그 친구는 지나치게 폭력적이어서 저희 철거민 내부에서도 요주의 인물이었거든요.

그 친구가 망루 침투에 성공하니까 그거 믿고 쳐들어온 거예요. 그렇지 않으면 시신을 왜 그렇게 빼돌렸겠어요. 여태 나타나지 않는 거 보면 신원 세탁을 해줬거나, 죽은 게 틀림없잖아요? 경찰이 안 그러면 누가 그랬겠어요?

59. 경찰서장 백○○씨(59세), 사건 당시 발표문

옥상에 망루 및 새총 발사대 여덟 곳을 설치하고 농성시 준비해간 화염병·염산이 든 박카스 병을 경찰관에게 투척했을 뿐 아니라, 건물 내에 있는 벽돌 등을 부수어 지나가는 행인들에게 무차별로 투척했으며 경찰관에게 새총 발사대를 이용, 유리구슬, 골프공을 쏘고, 화염병을 인접 건물에 던져 화재가 발생하는 등 공공의 안녕에 직접적인 위험을 초래하는 행위를 계속했습니다.

이들이 어제부터 사용한 불법시위 용품은 화염병 백오십 개,

염산 병 사십여 개, 벽돌 천여 개, 골프공 삼백 개, 유리구슬 사백여 개로, 이를 경찰과 지나가는 행인들에게 무차별적으로 투척했으며 화염병을 투척, 농성 건물 옆 상가가 반소됐고, 공가(일층 단독)에도 화재가 발생했으며, 유리구슬 발사(새총)로 통행중인 차량이 파손되고, 경찰 채증요원이 가슴에 타박상을 입은 바 있습니다.

심지어 용역 1인을 망루 밖으로 떨어뜨려 심대한 사상에 이르게 했으며, 계속된 경찰의 설득과 경고에도 불응하므로 더이상 불법을 묵과할 수 없어 경찰은 금일 불법 농성장에 병력을 투입했습니다.

(……) 3단에 있던 농성자들이 특공대원들이 있던 1단으로 시너를 통째로 뿌리고 화염병을 던져 화재 발생, 특공대원 6명이 화상을 입고 철수하고 철수 즉시 살수차 및 소방차 이용, 즉시 진화조치(08시 00분경 완전 진화) 후 망루 수색 과정에서 사망자 5명을 발견했습니다.

금일 상황으로 사망자 5명이 발생했고, 농성자 중 7명이 부상을 입었으며, 이중 1명은 의식불명 상태입니다. 경찰관은 특공대원 1명이 소재 불명이며, 17명이 부상당했습니다. 앞으로 경찰은 검찰과 협의, 사고 경위를 철저히 수사해 사실을 규명하겠습니다. 다시 한번 유명을 달리하신 분들과 유족들께 심심한 애도를 표하며 고개 숙여 명복을 빕니다.

60. Y2지구 주민, 참사 목격자 임정근씨(37세)

경찰 발표는 엉터리예요.

어떻게 경찰이라는 것들이, 빤한 거짓말을 아무렇지 않게 발표하는지, 정말 무섭더라구요.

철거민들이 행인에게 화염병을 무차별적으로 투척했다는데, 건물로 다가가는 용역이나 경찰들을 향해 던진 적은 있어요. 하지만 시민들을 향해 던진 적은 없어요. 경찰과 취재 차량으로 길이 막히긴 했지만, 지나가는 자동차를 향해 던진 적도 없고요.

새벽 다섯시쯤 전경 기동대가 출동해서 건물 주변을 에워싸고 특공대가 올라가고 하니까 그때부터 화염병을 던지고 새총을 쐈지, 그전에는 던지지 않았어요. 가족들 향해 손 흔들고 팔을 올려 하트를 그려 보이고 그랬어요.

새총에 차도를 오가던 승용차가 파손되었다고 뉴스에 나왔는데, 공가 골목에 세워져 있던 경찰 승합차였어요. 뉴스에 나온 화염병 투척 장면들은 모두 새벽 다섯시 이후에 용역이나 경찰과 대치하면서 싸우는 모습들이고요. 상가가 반소됐다는데, 골목에 화염병이 떨어진 적은 있지만 불이 붙은 가게는 한 곳도 없어요. 그렇게 경찰들이 입맛대로 편집한 걸 방송국마다 그대로 내보내더라구요. 기가 막히죠.

임한기씨로 추정된다는 그 사람이 망루에서 뛰어내린 장면만

해도 그래요. 처음엔 그가 손을 흔들며 뭐라고 외치는 거 같았어요. 뭐라 그러는지 소리는 안 들렸고요. 그런데 잠시 후 그가 몸을 빼내 밑으로 떨어지잖아요. 그때 창문 뒤에서 팔이 나오는데, 그게 그 사람을 민 게 아니라 붙잡으려 한 거잖아요. 다른 사람들도 전부 그가 투신을 하는구나, 이렇게 봤지 용역이나 경찰을 붙잡아 아래로 떨어뜨린다고는 아무도 생각지 않았거든요.

그런데 경찰은, 용역이나 경찰을 살해할 의도인 것 같아 특공대 투입을 서둘렀다고 하잖아요. 얼핏 경찰이나 용역 복장 같기는 했지만, 그 시간에 경찰이나 용역은 위로 올라갈 수 없었기 때문에 그렇게 판단한 사람들은 아무도 없어요. 복면을 한 걸로 보면 오히려 철거민 농성자가 분명하죠.

떨어질 때 등에 쓰인 'POLICIA'란 글자로 용역이나 경찰로 판단했다는데, 그건 나중에 동영상 화면을 확대해서나 어렴풋이 보여요.

저는 그 사람이 임한기씨이거나 아니면 다치거나 사망한 세입자 중에 한 사람이 투신을 한 거라고 생각해요. 거기 있던 사람들 다 그렇게 생각했을 거예요. 경찰이 제정신이라면, 그때 경찰을 투입할 게 아니라 오히려 진압을 중단했어야죠.

61. P지구 부위원장 김종범씨(55세)

아직도 악몽에 시달려요. 모르는 사람이 저희 가족을 해치거나 누군가에게 쫓기는 꿈을 많이 꿔요. 쫓기듯 뒷걸음쳐 달아나는데, 달아나다가 더는 달아날 곳이 없는 막다른 길에 이른 순간, 비명을 지르며 깹니다.

그렇게라도 깨면 다행이에요. 가위에 눌려 꿈쩍도 못하고 식은 땀 흘리며 낮은 신음만 내다가, 놀란 아내가 흔들어 깨워야 겨우 몸을 움직일 때가 많아요. 내가 지금 가위에 눌렸구나, 하고 의식은 있는데, 몸이 움직이질 않아요. 손가락 하나 까딱할 수 없어요.

병원 처방약을 먹어보았지만 먹을 때뿐이에요. 낮에는 가만히 있으면 불안하고 갑자기 경련이 일어요. 아무때나 불쑥 울화가 치밀고, 저도 모르게 발작적으로 소리질러요. 꽃조차 보기 싫어요. 세상이 엉망인데, 어떻게 저렇게 혼자 예쁘나 싶어서.

뾰족수가 없어요. 억지로라도 몸을 굴리는 수밖에 없어요. 피곤하면 그나마 잠이 잘 와요. 머리만 닿아도 곯아떨어질 만큼 몸을 고단하게 만들어야 조금이라도 더 깊게 잘 수 있어요. 덕분에 낮엔 죽어라 일해요. 제 소원은 그저 죽은듯이 깊은 잠을 자는 거니까요. 악몽에 시달리지 않고, 다른 아무런 방해도 받지 않는 꿈 없는 편안한 잠을 자는 거요.

저절로 눈이 떠질 만큼 깊은 잠을 자고 난 다음에 잠을 깨는 사람들이 제일 부러워요. 잘 만큼 충분히 자서 저절로 눈떠지는 세상에 살면 소원이 없겠어요. 자고 싶은 만큼 푹 자고 나면, 그때는 모든 게 다 편안해 보이잖아요. 비가 내리든, 이웃집 아이가 웃든 울든, 아이 나무라는 소리든, 부부싸움하는 소리든, 그 모든 게 얼마든지 그럴 수도 있는, 마치 뜨고 싶다는 생각도 없이 저 스스로 떠진 눈처럼, 스스로 좋아서들 그러고 사는 그런 행복한 모습들이잖아요.

저는 한기씨 몰라요.

그 사람이 용역이었는지, 철거민이었는지, 프락치였는지, 열사였는지 이게 중요한 문제 같지는 않아요. 중요한 건 어떻게 저희 같이 평범한 시민들이 그런 식으로 쫓겨나야 했느냐인데, 임한기라는 특정한 사람의 행적 문제로 몰고 가는 것이야말로 저쪽의 전략이라고 생각해요. 보수언론에서 임한기씨의 정체를 문제삼으니까, 다들 그 프레임에 엮여서 엉뚱한 논쟁으로 빠져들고 말았잖아요. 조합도, 기업도, 경찰도, 용역 깡패나 다름없는 짓을 왜 하는가, 이게 중요한 건데……

요즘은 한 달에 한두 번 깊은 잠을 자요. 그렇게 자고 나면 얼마나 기분좋은지 모릅니다. 그런 아침에는 한참을 그대로 누워 아무렇지도 않게 천장 무늬를 세보거나, 햇살 속을 유영하는 먼지들을 바라보거나, 시계 초침 소리를 하나씩 세어보곤 해요.

혹시 시계 초침 소리를 세어본 적 있으신지 모르겠네요. 저는 사천구백이십 번까지 세어본 적이 있어요. 한 시간 이십이 분이나 다른 아무 걱정 없이 오직 초침 소리만 따라간 거예요. 예전 같으면 엄두도 못 낼 일이죠. 초침을 세는 것과 같이 아무 의미도 없는 일에 그렇게 오래 집중할 수 있을 만큼 마음이 고르고 차분해지다니 말이에요.

62. 기자 최명렬씨(33세)

경찰 설명이 계속 오락가락했잖아요. 처음엔 테러라 할 만큼 화염병이 난무하고 차량이 파손돼 묵과할 수 없었다고 발표했어요. 그런데 그렇지 않다는 게 동영상으로 드러나자, 이번에는 용역 혹은 경찰을 망루 바깥으로 밀어 떨어뜨리는 폭력 행위를 방기할 수 없어 진압을 서둘렀다고 말을 바꾸죠.

이렇게 말이 바뀐 것만 봐도 경찰이 처음엔 임한기씨의—떨어진 그 사람이 임한기씨라면 말이죠—추락 혹은 투신을 별로 중요하게 여기지 않았던 거 같아요. 아마 동영상을 분석한 다음에 다시 말을 꿰맞춰 바꾼 거 같아요. 그렇다면 경찰과 직접적인 관계는 없는 거죠. 하지만 용역들과는 있을 수 있어요. 용역들과 경찰 간에 정보가 공유되지 않은 거죠. 그런데 경찰은 일부 극렬주의자들이 망루 밖으로 뛰어내리는 자살행위를 방조할 수는 없었다고 한번 더 말을 바꿔요.

제 생각에 임한기씨를 문제삼으면, 자기들도 뭔가 켕기는 게 있는 게 아닐까 싶어요. 임한기씨를 경찰이 빼돌린 게 아니라, 만약 그가 살아 있다면, 자신은 본래 조합이나 용역 쪽에서 심어놓은 사람 중에 하나라고 증언할 수 있잖아요. 아니면, 임한기씨와는 아무 상관 없이, 다만 재판 과정에서 화재 원인을 문제삼을 때, 보다 유리한 위치를 선점하려는 의도일 수도 있죠.

검찰 쪽에서 내세운 가장 유력한 증거란 게, 망루 삼층에서 던져진 화염병을 목격했다는 김양석 경사의 증언인데, 재판에서 변호인단이 재차 질문하자 직접 보지는 못했다고 증언을 번복하잖아요. 검찰 주장의 유일한 근거가 사라져버린 거죠. 그러고 나서 임한기씨 투신을 근거로 발화 원인을 철거민 쪽에 두려는 의도가 아닐까 싶어요.

하지만 임한기씨의 전철연 활동 과정을 보면 그가 단순한 프락치 같지는 않아요. 일개 조합이나 용역 프락치가 그렇게 연대까지 나가 열심히 싸우진 않잖아요. 다만 저쪽 도움을 받아 국숫집을 개업했다면 분명 경비업체나 용역 끄나풀일 가능성이 높죠.

문제는 지금 이 친구가 살아 있는지 아니면 죽었는지조차 알 수가 없다는 건데, 경찰이 사체 유기까지 했을까 싶어요. 우리나라 경찰이 그렇게까지 치밀하게 사건 처리를 못하잖아요. 하지만 살아 있다면 어째서 나타나지 않는지…… 정말 오리무중이에요.

63. 닭갈빗집 한기순씨(36세)

저는 처음부터 전철연에 마음이 가지 않았어요. 하루 벌어 하루 사는 저희 같은 형편에, 연대 나가고 천막 짓고 망루 올리는 그런 투쟁을 어떻게 해요? 저희 집 애들이 세 살, 다섯 살인데, 이 애들을 데리고 그 전쟁을 어떻게 치러요?

한기씨한테도 저희 쪽으로 오라고 몇 번이나 말했어요. 그 사람들이야말로 그렇게 싸울 형편이라도 되니까 그쪽에 가입해 싸우는 거라구요.

한기 그 사람도 본래 과격한 사람이 아니었어요. 장사할 때 보니까 사람이 아주 순해요. 매일 아침 열시면 문 열고 새벽 두시에 문 닫고, 마주치면 눈웃음치며 먼저 인사하고…… 전철연 들어가면서 사람이 그렇게 변했어요. 거긴 무조건 싸우는 곳이니까. 순한 사람도 거기 들어가면 변해요. 집회하고 화염병 들고, 그러더니 결국 그런 끔찍한 사태로까지 이어진 거예요.

한기 그 친구가 순수한 세입자냐 아니냐 하는 건 이제 와서 하나도 중요하지 않아요. 그 사람이 왜 그런 극단적인 행동을 한 거냐 이게 중요해요. 저쪽에선 우리가 자기 회원들 빼간다고 비난하는데, 그게 다 자기들 방법이 현실적이지 않으니까 자기 발로 나온 거지, 어떻게 우리가 빼가고 말고를 해요? 그런데도 결국은 전철연에서 확성기로 진보당 대책위 물러가라고 방송까지 할 만큼 사이가 멀어졌죠.

아무튼 저희는 진보당 변호사 선생님 도움을 받아 주로 법적 투쟁을 벌였어요. 조합 쪽의 위법 사항이나 구청의 잘못된 행정절차를 문제삼고 위헌법률심판 제청도 제기하고…… 조합이든 용역업체든 공사가 밀리면 그만큼 손해니까, 저희가 계속해서 문제제기를 하면 공기가 지연되니까 협상하러 나올 수밖에 없거든요.

실제로 참사 나기 한두 달 전에, 헌법소원으로 공기가 일이 년 늦춰질 조짐이 보이자 조합측에서 새 협상안을 제시했어요. 감정평가보다는 더 많은 액수여서 회원들도 기대를 많이 했고요.

그런데 참사가 일어난 거예요. 참사 나기 사흘 전엔가 제가 한기한테 가서 물었어요.

"망루 올라간다는 얘기가 있는데 정말이야?"

딱 잡아떼더라구요. 그러니 저희로선 허탈할 수밖에요. 망루 올라가도 조합 쪽에선 꿈쩍도 하지 않았을 거예요.

거기 보상 들어주면 저희 보상도 들어줘야 하는데 조합이 그렇게까지 해줄 인간들이 아니잖아요. 그러니 설사 그렇게 해서 보상을 받는다 해도 그게 망루 올라간 사람들이나 받는 거면, 나머지는 뭐냐구요.

64. 시민운동가 나유라씨(43세)

저는 평범한 식당 아줌마였어요. 남편은 공무원이고, 딸이 하나 있어요.

김밥집 오 년 정도 하다 조금 확장해 분식집을 육 년 정도 했는데 뉴타운으로 지정되면서 시작했어요. 삼사 개월 싸우면 될 줄 알았는데 육 년 반을 싸워야 했어요. 그 바람에 철거민 운동이 제 직업이 되고 말았죠. 이젠 할 줄 아는 게 이거밖에 없어요.

인가가 확정된 지역 설명회에 가면, 예전의 저와 똑같은 모습으로, 우린 이제 앞으로 어떻게 되는 건가요, 하는 불안한 표정으로 저를 봐요. 처음엔 모든 세입자가 설명회에 참석하지만, 시간이 지나면 대책위가 나뉘고 멀어지면서 세입자들끼리 미워하고 싸워요. 몇몇은 또 조합이나 용역의 회유에 넘어가고요. 임한기씨 같은 사람도 여러 명 있어요. 우울증이나 분노 조절 장애를 앓는 세입자도 있고, 용역들이 심어놓은 프락치도 있고요.

당시 서울시 뉴타운 지구만 삼사십여 곳이고, 개발 들어간 구역이 이백여 곳쯤 됐는데, 어느 지역이나 상황이 비슷했어요. 자꾸 보니까 무슨 매뉴얼 같았어요. 마치 물이 빠지며 소용돌이가 만들어지는 이치와 같아요. 물은 소용돌이를 만들 생각이 없더라도, 빠르게 물이 빠지다보면 소용돌이가 생길 수밖에 없어요.

감정평가 산출 내역을 공개하지 않아도 되는데 누가 공정하게 가치를 매기겠어요? 명도집행 고지 의무조차 없는데 누가 세입자와 협의를 하겠어요? 용역 내세우면 되는데 어떤 조합이 대화를 원하고, 정비업체 내세우면 되는데 시공사가 뭐하러 나서겠어요?

도정법, 도촉법, 민사집행법, 행정대집행법, 경비업법…… 이런 것들이 전부 잘못되어 있어요. 다 힘있고 가진 자들에게만 유리하게 되어 있어요.

결국 세입자는 억울하게 쫓겨나거나 너무 억울해 싸울 수밖에 없어요. 일어나선 안 될 일이 일어난 것 같지만, 일어날 수밖에 없는 일이 일어난 거예요.

철거민 운동 하는 사람들 사이에선 이대로 가다간 일이 터져도 크게 터질 거라고들 말하고 있었어요.

참사 두 달 전에 진보당 협조로 저희가 이런 문제점들을 연구보고서로 만들어 국회에 제출했어요. 재개발되어봐야 거주자 열 명 중에 두 명만 재정착하고 여덟은 다른 지역으로 쫓겨났더라구요.

이런 방식으로는 집값이나 전셋값도 오르지 않을 수 없어요. 참사 때 저희 아파트 전세금이 일억이었는데 지금은 무려 삼억까지 올랐잖아요. 집값, 전셋값 오르고, 오른 만큼 감당 못하는 사람들은 다들 수도권 외곽으로 쫓겨나고 있잖아요.

저희는 평수를 줄여 보증금 일억에 월세 오십을 내고 살아요. 우리가 그때 엉터리 개발을 막지 못한 잘못으로 매월 오십만원을 벌금으로 내고 사는 거라고 저는 생각해요.

잘못되어 있는 법률 조항을 들여다보고 있으면 기분이 이상해요. 이 법률 조항들이 없었으면 저는 평범한 식당 주인으로 살았을 거예요. 하지만 이 조항들 때문에 세입자 철거민들을 위해 일하는 활동가로 변신했어요. 힘은 들지만 보람을 느끼기 때문에 저는 시민운동가로서의 제 모습이 훨씬 좋아요. 그렇더라도 잘못된 법률 조항들 때문에 지금의 내가 존재하는 거라고 생각하면 기분이 참 이상해요.

65. 고향 친구 김진석씨(26세)

창기랑 참관 신청을 냈어라. 동호는 안 갔어라. 심하게 싸우고 사이가 틀어졌응께요.

추석 명절 때 동창 모임이 있었는디, 오랜만에 한기가 왔더만요. "국숫집 차렸다믄서?" 하고 누군가 아는 척항께 "망해부렀다, 씨발!" 하믄서 자리에 앉더라구요. 재개발 들어와가꼬 권리금은 커녕 시설비도 못 받고 쫓겨나불게 생겼다믄서요. 뭐 그라고 나서 한참 술잔이 오갔는디, 따지는 듯한 동호 목소리가 들렸서라.
"그것이 워째서 그거랑 같다냐?"
그랑께 "그것이 그거지 씨부럴!" 한기가 퉁치대끼 말해요.
"암만 그라도 그러제, 대기업 입사하는 것과 김일성한테 충성하는 게 같다고야?"
동호가 따징께 한기가 다시 뱉았어요.
"족벌 세습이나 김씨 세습이나 다 그게 그거제!"
그라고 나서 물었어요.
"대기업 사원이나 대기업에서 사주한 정비업체 용역이나 그놈이 그놈이제, 뭐시 다른디?"
그래싸니까 동호도 "아따, 그래서 용역 깡패들 일하는 디 같이 하자고 나를 불렀다냐?" 언성을 높여 따지곤 일갈했서라.
"그런 식으로 네가 한 짓을 합리화해싸지 마라!"
그람시로 싸움이 돼부렀지요.
"내가 시방 그 얘길 하는 게 아닌디 니는 어째 내 말을 배배 꼬고 자빠졌냐?"
한기가 따지고, 동호도 따지고……
"그게 아니믄 뭐다냐?"
즈그들 입맛대로 추측 보도하는 언론과 달리 재판장에선 확인된 사실 그대로 접할 수 있지 않을까 싶었는디 겁나게 열받아불더만요. 특공대장이란 인간의 답변을 듣는디 헛웃음밖에 안 나오드랑께요.

자신이 현장 가서 본 건 새총 발사대가 전부라는디.

"돌이 날아오는 걸 봤나요?"

변호인이 물응께 "보지는 못했지만 상당히 위험하다고 느꼈습니다"라고 답해뿌요. 다시 "그 이외에 위험 요소가 또 있었나요?"라고 물응께 답허요.

"없었습니다."

다시 헬기로 현장을 둘러봤는디, 무얼 봤냐고 물응께 정확히는 못 봤대라. 세입자들과 조합 간의 이견으로 문제가 발생한 사실을 아냐니까 요러고 말해요.

"전철연이 들어와 망루 짓고 화염병을 준비한다는 정도만 알고, 세입자들과 개발자가 서로 마찰이 있는 건 몰랐습니다."

철거민들이 십시일반으로 모인 곳이 전철연인 것도 모르는 사람 같았당께요. 아니, 어떻게 고로코롬 무지한 상태에서 고로코롬 무리한 진압을 할 수 있었을까라우? 지 머리로는 당최 이해가 안 되더만요.

변호인이 물어라.

"그곳 농성자 중에는 전문적으로 화염병을 던지는 소위 운동권으로 단련된 사람들은 한 명도 없고, 전철연도 타지역에 있는 세입자들인데, 그 사람들도 세입자 위원장들이 술 먹자고 하여 왔다가 망루 짓는 걸 도와준 것인데, 밑에서 용역들이 막고 있어 못 내려갔습니다. 전철연도 보통 세입자들이 모여서 위원장이 된 것이고, 농성자들 중에는 사오십대 여자나 노인들도 있었고, 이들 모두가 다만 세입자 문제 때문에 모였던 사람들이라는 사실은 알았는가요?"

그러자 뭐시라고 대답했는 줄 아요?

"그 부분까지는 몰랐습니다."

기가 막히지라. 모르믄 가만히나 있제, 으짠다고 고로코룸 무지막지하게 진압을 해부렀을까요이. 오죽허믄 방청석에서 유족으로 보이는 아줌씨 한 분이 소리쳐뿌요.

"저런 바보 머저리 같은 놈, 아유, 씨팔!"

그란디 바보 머저리가 아니랑께요. 그 답변은 아마도 자신에게 가장 유리한 것으로 미리 골라두었다가 하는, 겁나 영리한 답변 아니겄어요?

서장이란 인간도 마찬가지드만요.

뭘 물어도 "모르겄습니다"라고만 답해싸요. 아니, 책임자인 자신이 모르믄, 워뜨케 책임자란 말이어라.

현장에 가본 적이 없는지 용역들이 그려놓은 해골 그림도 보지 못했답디다. 정말 한 번도 못 봤다고 해도 그라제, 일이 년 동안 수없는 폭행과 고소 고발이 오갔는디, 가봤다고 거짓말로라도 답해야 하는 거 아니겄어요?

용역들을 현장에서 돌려보냈냐고 물응께, "그 사람들이 산재해 있지 가라고 해서 갑니까?"라고 반문하드랑께요.

"아니, 용역업체 직원들이 남아 있으면 두 집단 사이에 충돌이 생길 텐데, 막아야 하는 것이 아닌가요?"

변호인도 갑갑해서 이라고 물응께 답변이 가관이어라.

"어떻게 막습니까?"라고 되물어쌓더라고요.

아따, 그따우로 무책임하고 뻔뻔하고 쌍판때기 두꺼운 놈들은 처음 봤당께요. 그란디도 세입자들만 중형을 선고받는 게 말이 안 되지라.

한기 얘기도 나오긴 나왔는디요.

"임한기씨로 추정되는 인물이 망루에서 손을 가로저으며 아래로 투신하는 장면을 봤나요?"라고 물응께 대답허요.

"용역 내지 경찰로 추정되는 인물이 떠밀려 추락했다는 무선 보고는 들었습니다."

"그가 떠밀려 추락했다는 판단은 어떤 근거로 내린 판단인가요?"

"경찰이 한 명 추락했다는 무선 보고를 들었습니다."

"당시 경찰이 망루 안에 들어간 상태였나요?"

"아닙니다."

"그런데 어떻게 경찰이 망루 안에서 떨어지나요?"

"매우 혼란스러운 상태였기 때문에 그럴 수도 있다고 판단했습니다."

"그의 행방을 알고 있습니까?"

"모릅니다."

66. 한기씨 육촌누이 임영애씨(41세)

어찌케 해야 쓸란가이. 기자 양반 댕겨가고 다음날 쓰러져불등마 여태 이라고 계신당께. 암것도 못 드시지라. 그려도 미음 한두 순갈은 받아드시드마는 인자는 물을 떠멕여드려도 죄다 흘려부러.

첨에는 좀 나았어라. 사람이 오믄 쳐다보시기도 허고, 가차이 가서 앉으믄 손으로 더듬더듬 잡아주시등마, 인자는 손을 쥐여줘도 기척이 없어라.

그려도 이따금시 눈이 흔들린당께.

의사 슨상님 말씀이 뇌사라는 기 말 그대로 뇌가 죽은 거니께, 뇌간 반응인가 뭔가도 전혀 못한다 하드만. 인자 아무 반응도 못 하는 거지라. 호흡기 달아도 숨만 쉬게 만드는 거라니께 그거이 할 짓이 아니겄다 싶어 안 했지라. 그라고 맘으로 준비하고 있는디, 아, 근디, 이라고 몇 달째 버티신당께라.

이런 경우는 의사 슨상님도 태어나 첨 봤다 합디다. 길어야 삼 주라고 혔는디, 여그는 숨만 쉬는 거이 아니라 눈동자까지 움직여분게. 사람 소리만 나믄 애기들 꿈꿀 때맹키로 눈동자가 흔들린당께.

요, 보시오잉! 방금 또 안 그라요이?

원장 슨상님도 솔찬히 놀라드랑께.

이거이 분명 예삿일이 아닌디, 할머니가 쩌러고 버티는 거이 분명 이유가 있을 것인디, 암만해도 한기밖에 없소잉. 기다릴 만한 것이……

암만혀도 조카가 와야 편하게 눈을 감으실랑갑다 시픈디, 으째야 쓰겄소이. 보다못해 큰애 시켜 한기인 척도 해봤소이.

"할머니, 나 한기여. 나 할머니 덕분에 잘 지내고 있소이. 나 걱정하지 마시고, 편히 눈감으시오."

아, 이러쿠롬 하라고 시켰는디, 우리 큰놈이 엥간히 정 많은 놈이어라. "할무니, 오래오래 사시쇼"라고 해뿌렀단 말이오. 그래싸서 그런 건지 어쩐 건지……

그란디, 한기한테는 여직꺼정 아무 소식 없다요?

인터뷰어 이만기씨의 후기

찾아보니 실종으로 기재되어 있었습니다. 용역과 경찰, 시민 들과 카메라까지 건물을 겹겹으로 에워싸고 있었는데, 그는 대체 어디로 사라진 걸까요?

처음엔 단순히 한기씨 행방을 알아보기 위해 그를 잘 알고 지낸 사람들을 수소문했습니다. 하지만 시간이 지나서인지 각자의 기억이 조금씩, 때론 전혀 달랐습니다. 더구나 모든 사람들이 자신이 만나본 한기씨의 실제 모습에 대해 말하고 있었지만, 실은 단지 자신이 기억하는 한기씨 모습을 말하는 것일 수밖에 없었습니다.

폴이 피터에 대해 말할 때 피터보다 폴에 대해 더 많이 알게 된다는 말이 있는데, 실제 한기씨 모습을 말하고 있다기보다는 자신이 타인을 어떤 식으로 기억하는 사람인지를 보여주는 것 같았습니다.

어쨌든 한기씨의 행방은 알 수 없었고, 사람들 기억 속에 남아 있는 한기씨만 만날 수 있었습니다. 그래도 저의 인터뷰 안에서 제가 기록으로 남기는 만큼 한기씨 모습이 조금씩이나마 되살아나는 듯해 멈출 수 없었습니다.

한번은 어떤 분이, 그때 무슨 일이 일어났고 한기씨가 어떻게 된 건지 제대로 알려면 당시 핵심 요직에 있던 놈들을 만나 물어봐야지, 자신처럼 평범한 사람들 얘기 백날 들어봐야 뭐하냐고 혀를 찼습니다. 참사 원인을 밝혀 다시는 되풀이되지 않도록 단죄를 해야 한다면서요.

맞는 말씀이었습니다. 저도 제 인터뷰가 너무 무기력하게 느껴져 고개를 주억거리며 한숨만 내쉬었습니다. 자료를 살펴보니, 용역들 뒤에는 경비업체가, 경비업체 뒤에는 정비업체가 있었습니다. 경비업체 이사는 전직 경찰이나 관료들이 한자리씩 차지하고 있었구요. 정비업체 대표는 구청장과 향우회 회장, 부회장 사이였습니다. 그리고 그들 뒤에는 재벌 시공사가 버티고 있었습니다. 그뿐만 아니라 출세에 눈먼 서장과 비인간적인 법률 조항들을 그대로 방치하는 국회의원들, 인기몰이에 급급한 시장과 대통령이 있었어요.

그래서 저는 절망했습니다. 이 모든 것들 뒤에는 이들을 뽑아준 바로 우리 자신이 있으니까요. 그리고, 그래서 희망이 있다고 생각합니다. 이 모든 걸 우리 자신이 일으켰다는 사실을 우리가 인정한다면 말이죠.

제가 인터뷰할 만한 사람은 거의 다 한 것 같아 연재는 여기서 멈추지만, 앞으로도 계속 임한기씨를 아는 분이 있으면 찾아가 만날 생각입니다.

그러다보면 알게 되길 바랍니다.

그때 그가 우리에게 하려고 했던 말이 무엇이었는지……

참사 나기 사나흘 전에 제가 근무하던 사무실로 전화가 왔습니다. "저는 철거민인데요" 하면서 얘기를 하고 싶다고 했는데,

"저는 문화부 수습기자구요" 제가 말했습니다. "담당 기자가 잠깐 자리를 비웠는데, 연락처를 말씀해주시면 전화드리라고 할게요."

그러니까 그냥 끊어버리더라구요.

그러고 나서 그 사실을 그만 까맣게 잊고 있었습니다.
제가 그걸 어떻게 잊고 있었던 걸까요?
문득 그런 생각이 들었습니다.
일부러 잊은 거지?

작가의 말

작가는 하고 싶은 말을 하는 사람이다.

그러나 하고 싶은 말을 마음대로 다 하는 사람은 아니다.

하지 말아야 할 말이나, 해봐야 좋을 게 없는 말들은, 퇴고나 편집 과정에서 수정하거나 삭제해야 한다.

이 글은 하려고 했던 말이 아니라, 나도 모르게 하게 된 말, 하지 않을 수 없는 말이다.

애써 하려는 마음이 없는데, 나도 모르게 내뱉게 되는, 일테면 신음 같은……

이 책을 펼치는 독자에게 감사드린다.

서로의 아픔을 느끼는 대화만큼 좋은 시간이 또 있던가. 당신은 지금 내 슬픔에 깊이 귀기울여주신 것이다.

이 책을 내기까지 힘이 되어준 모든 분들께 감사드린다.

특히 레아호프의 이충연 위원장과 정영신 부부를 비롯해 어려운 인터뷰에 응해준 분들께 감사드린다.

믿고 도와준 '글쓰기 공작소' 동인들, 선뜻 출판을 맡아준 문학동네에도 감사를 드린다.

2019년 가을, 원터마을에서

이만교

문학동네 장편소설
예순여섯 명의 한기씨

초판인쇄 2019년 10월 2일
초판발행 2019년 10월 14일

지은이 이만교
펴낸이 염현숙
책임편집 이성근 | 편집 황예인 정은진 김내리 이상술
디자인 엄자영 유현아 | 마케팅 정민호 박보람 나해진 최원석 우상욱
홍보 김희숙 김상만 오혜림 지문희 우상희
제작 강신은 김동욱 임현식 | 제작처 영신사

펴낸곳 (주)문학동네
출판등록 1993년 10월 22일 제406-2003-000045호
주소 10881 경기도 파주시 회동길 210
전자우편 editor@munhak.com | 대표전화 031) 955-8888 | 팩스 031) 955-8855
문의전화 031) 955-3576(마케팅) 031) 955-8864(편집)
문학동네카페 http://cafe.naver.com/mhdn | 트위터 @munhakdongne
북클럽문학동네 http://bookclubmunhak.com

ISBN 978-89-546-5797-6 03810

* 이 도서의 국립중앙도서관 출판예정도서목록(CIP)은 서지정보유통지원시스템 홈페이지(http://seoji.nl.go.kr)와 국가자료공동목록시스템(http://www.nl.go.kr/kolisnet)에서 이용하실 수 있습니다.(CIP 제어번호: CIP2019037069)
* 이 도서는 한국출판문화산업진흥원의 '2019년 우수출판콘텐츠 제작 지원' 사업 선정작입니다.

www.munhak.com